LA DANSE

Série « Quatre mariages et un fiasco » – 2

Lucy Kevin

LA DANSE

Traduction : Constance de Mascureau
Correction : Christiane Mouttet

Suivez Lucy sur Twitter @lucykevin
Retrouvez Lucy sur Facebook : facebook.com/lucykevinbooks
www.LucyKevin.com
lucykevinbooks@gmail.com
Recevez la newsletter en français de Lucy
http://eepurl.com/MWHJX

Phoebe, la fleuriste du Rose Chalet, *sait mieux que quiconque que rien n'est éternel : ni ses compositions florales, ni les mariages qu'elle aide à organiser, à commencer par celui de ses parents qui a fini par un divorce douloureux. Convaincue que toute relation n'entraîne que des complications, elle a toujours vécu dans le moment présent, sans chercher à s'attacher à qui que ce soit…*

Prendre des risques est ce qu'a toujours fait Patrick : ne voulant pas devenir paysagiste, il a fui l'entreprise familiale pour poursuivre ses études et devenir un architecte reconnu. De passage en Californie pour suivre la construction d'une nouvelle maison, il comprend, dès la minute où il la tient dans ses bras, qu'il a rencontré l'âme sœur en la personne de Phoebe, cette fleuriste intrépide, séduisante, et intelligente.

Mais Phoebe risquera-t-elle son cœur dans ce qui pourrait bien être la plus fragile et la plus précieuse des rencontres ? Surtout quand il lui a suffi d'une danse avec Patrick Knight pour remettre en cause ses idées bien arrêtées sur l'amour…

CHAPITRE 1

Phoebe Davis faisait le tour de la grande salle du Rose Chalet pour aider à débarrasser les restes du mariage de la veille. La fête avait été superbe, et Andrew Kyle, frère du marié mais aussi organiseur en chef, avait été très satisfait. Les compositions florales, si spectaculaires le jour J, avaient désormais triste mine. Phoebe avait du pain sur la planche. Les roses blanches des centres de table étaient fanées, et certaines étaient déjà mortes. Elle rassembla les tiges dans un sac poubelle, en faisant attention à ne pas se piquer avec les épines.

RJ, le bricoleur et jardinier du Rose Chalet, était quant à lui en train de démonter le belvédère intérieur. Il s'était retroussé les manches et soulevait un lourd morceau de bois. Rose Martin, la propriétaire du Chalet, l'aidait comme elle le pouvait. Elle avait attaché ses cheveux auburn en arrière pour ne pas les avoir dans la figure. De temps à autre, RJ « empruntait » l'outil que Rose utilisait, puis le replaçait légèrement hors de sa portée. Elle l'avait déjà menacé de le mettre dehors au moins trois fois ce matin-là.

— Tu ne ferais pas cela, répliqua RJ. Pas avec tout ce

travail, en tout cas.

Et il serait dommage de se séparer de l'un des plus beaux hommes employés au Chalet, se dit Phoebe.

RJ n'était pourtant pas le seul. Tyce Smith, qui s'occupait de la musique des mariages, était également très séduisant. Occupé à ranger ses amplificateurs et à enrouler ses câbles, il ne paraissait pas en grande forme. Il arborait toujours un look savamment négligé, avec les cheveux décoiffés et une barbe de quelques jours, mais, ce matin-là, il avait vraiment l'air d'une épave.

— Te ferais-tu un peu vieux pour le mode de vie rock'n'roll, Tyce ? plaisanta Phoebe.

Tyce haussa les épaules, son tee-shirt noir laissant apparaître quelques-uns des tatouages qui recouvraient ses biceps.

— Que veux-tu ? Il y a des gens qui savent faire la fête.

— Et il y des gens qui savent gérer les lendemains de fête, répliqua Phoebe avec un sourire malicieux.

— Tu ne dois pas assez t'amuser. Je te montrerai un jour comment on fait.

Phoebe se contenta de rire. Tous les employés du Rose Chalet savaient que les relations amoureuses entre collègues étaient interdites. Quoi qu'il en soit, elle n'avait jamais considéré RJ ou Tyce autrement que comme des amis. Rose avait engagé un nouveau traiteur intérimaire qu'ils n'avaient pas encore rencontré, mais Phoebe avait trop la tête sur les épaules pour mélanger travail et plaisir.

— Vous allez vous concentrer un peu tous les deux ?

demanda Rose à Phoebe et Tyce, mais il était manifeste qu'elle prenait plaisir à les écouter se taquiner. RJ doit bientôt partir pour aller voir le terrain que j'ai acheté avec Donovan, et l'architecte va arriver d'une minute à l'autre.

— Tout ira bien, Rose, la rassura RJ.

— J'espère, répondit Rose. Mais cette maison que nous allons faire construire est tellement importante pour moi. (Elle rougit.) Pour nous, je veux dire. Pour Donovan et moi. (Elle se tourna vers RJ et lui sourit.). Cela me fait vraiment plaisir que tu aies accepté de nous aider à aménager le jardin.

— Pas de problème, dit RJ.

Phoebe avait cependant remarqué qu'il s'était crispé à la mention du fiancé de Rose. Il semblait y avoir un problème. Et pas des moindres.

Elle continua à ramasser et à jeter les fleurs fanées dans le sac poubelle, sans pouvoir s'empêcher de déplorer le gaspillage que cela représentait. Tant de fleurs coupées pour célébrer un engagement qui, d'après les statistiques, n'allait pas durer.

Malgré tout, Phoebe se rendait compte de la chance qu'elle avait d'exercer un métier qui lui permettait d'être quotidiennement en contact avec des fleurs. Elle aimait les jardins et les plantes depuis qu'elle était enfant. A l'époque déjà, elle adorait jouer dans la terre aux pieds de sa mère. Quand elle était tombée sur la petite annonce du Rose Chalet, qui recherchait une fleuriste à temps plein, elle avait su qu'elle ne pouvait pas laisser passer une opportunité pareille. Le travail lui plaisait beaucoup, et elle s'entendait à merveille avec Rose, Tyce, RJ et Anne Farleigh, la styliste qui concevait des robes de mariée pour les clientes du Chalet. Semaine après semaine, ils faisaient tout ce qui était en leur pouvoir pour organiser des mariages mémorables à San Francisco.

— Au fait, dit Rose, puisque nous sommes presque au complet, j'aimerais que nous parlions du prochain mariage.

— Est-ce vraiment nécessaire ? lança Tyce, qui était en train de ranger un pied de micro. C'est le mariage de la Triplette. Nous savons déjà tous ce que nous avons à faire. Et ce n'est peut-être pas la dernière fois.

Marge Banning, alias la Triplette, était l'héritière d'une fortune bâtie sur la vente de vitamines. C'était aussi la femme qui avait à elle seule renforcé toutes les convictions de Phoebe sur le mariage.

Elle était sur le point de se marier pour la troisième fois au Rose Chalet. Ses deux mariages précédents avaient été grandioses mais identiques, avec les mêmes fleurs, le même gâteau, et jusqu'à la même robe.

Aucun d'eux n'avait duré plus d'un an.

— Tyce, dit Rose sur un ton gentiment réprobateur, tu sais que je n'aime pas qu'on appelle Marge ainsi. Elle a autant le droit à un mariage spécial et unique que n'importe lequel de nos clients.

— Mais ce n'est pas ce qu'elle veut, souligna Tyce. Elle demande toujours exactement la même chose.

— J'ai des photos des compositions florales, je pourrai donc facilement les reproduire, dit Phoebe. Mais peut-être qu'elle voudra un peu innover cette fois ?

Rose secoua la tête.

— J'en ai déjà discuté avec elle. Elle a été tellement emballée la dernière fois qu'elle ne veut rien changer.

— J'ai l'impression que ce qu'elle préfère dans le mariage, c'est la cérémonie, dit Tyce en regardant Phoebe avec un sourire complice. Elle a juste du mal à trouver le bon mari pour y participer.

— Tyce, le réprimanda Rose sans grande conviction. Qui sait, peut-être que celui-ci est le bon ? Nous espérons tous qu'elle sera heureuse, n'est-ce pas ?

C'était bien sûr le cas. Phoebe souhaitait beaucoup de chance à Marge Banning. Et elle allait en avoir besoin. Il était complètement insensé de croire que « le bon » attendait quelque part. La vie n'était pas aussi simple. Et pendant qu'on l'attendait, on oubliait de vivre. Phoebe se garda cependant bien de dire ce qu'elle pensait devant Rose.

— Vous n'avez qu'à voir le bon côté de la situation, ajouta Rose. La préparation de ce mariage sera plus reposante que d'habitude. Marge a l'intention d'utiliser la même robe que la dernière fois, Anne pourra donc prendre une semaine de congé. (Rose les regarda en souriant.) Et avec les plans de la maison à finaliser, un peu de repos ne me fera pas de mal, reconnut-elle avant de se tourner vers RJ. J'aurais bien voulu t'accompagner sur le terrain pour étudier les options pour le jardin, mais j'ai des réunions qui s'enchaînent tout l'après-midi. À propos, ton frère devrait bientôt arriver, non ?

Phoebe repensa alors brusquement à sa danse avec le frère de RJ. À ce moment précis, Patrick Knight en personne franchit le seuil de la grande salle du Rose Chalet, tout aussi séduisant que la veille au soir. Ses cheveux bruns étaient soigneusement coiffés vers l'arrière, et sa belle mâchoire carrée était recouverte d'une légère barbe. Il était vêtu d'une chemise et d'un pantalon décontractés semblables à ceux qu'il portait la veille au mariage, mais il n'avait pas de veste. Phoebe ne put s'empêcher de le dévisager, et, pendant un moment bref mais intense, leurs regards se croisèrent.

— Bonjour Phoebe. Cela me fait plaisir de vous revoir.

— Bonjour, répondit-elle sur un ton embarrassé, tout en cherchant une excuse pour s'éloigner de la tentation qu'il représentait.

Malheureusement, rien ne lui vint. Son esprit était trop occupé à revivre les quelques minutes délicieuses qu'elle avait passées dans les bras de Patrick sur la piste de danse. Cela lui avait paru si naturel.

Elle ne parvenait cependant pas non plus à se sortir de la tête la conversation qu'ils avaient eue ensuite.

« Toutes les femmes sont belles le jour de leur mariage », avait-il dit.

Quand elle lui avait demandé s'il aimait les mariages, il avait répondu sans hésiter :

« Qui n'aime pas les mariages ? Voir un couple prendre un tel engagement est un si grand événement. Nous devrions le célébrer plus souvent. »

Elle avait vraiment aimé danser avec Patrick, et s'il n'avait pas été le frère de RJ, elle aurait été tentée d'aller plus loin avec lui. Mais Phoebe n'avait pas l'intention de perdre son temps avec un romantique qui ne se satisferait jamais de qu'elle était prête à lui donner. De plus, s'ils sortaient ensemble et se séparaient – ce qui se produirait inévitablement –, il serait gênant pour elle de continuer à travailler au Chalet. Mélanger travail et plaisir aurait donc de lourdes conséquences.

Par chance, Patrick cessa de la regarder car Rose avait commencé à lui parler des plans pour sa nouvelle maison.

— Je n'arrive pas à croire que nous nous lancions vraiment avec Donovan ! s'exclama-t-elle avec une excitation presque enfantine.

Phoebe avait également du mal à le croire. Faire construire une maison avec quelqu'un représentait un tel engagement sur le long terme qu'elle avait des crampes à l'estomac rien qu'en y pensant. Mais, si Rose était déterminée à aller jusqu'au bout, Phoebe ne pouvait pas faire grand-chose pour l'arrêter. Elle n'avait pas non plus tenté de dissuader Julie Delgado de se lancer à corps perdu dans son histoire d'amour avec Andrew Kyle.

Tout ce qu'elle pouvait faire, c'était entourer ses amies quand la situation se dégradait. Elle espérait évidemment que ce ne serait pas le cas. Si deux personnes méritaient de défier les statistiques, c'étaient bien Julie et Rose. Tandis qu'elle continuait à ranger, Phoebe entendit Rose demander à Patrick :

— Vous n'avez pas besoin que je vous accompagne

sur le terrain aujourd'hui ?

— Non, confirma Patrick. Je vais passer la journée avec RJ à examiner les différentes options pour le jardin. Je vous les présenterai ensuite ainsi qu'au Dr. McIntyre.

— Super ! répondit Rose, manifestement soulagée de ne pas devoir interrompre son travail. Merci mille fois de vous occuper de tout cela.

— Tu es prêt à partir ? demanda Patrick à son frère.

— En fait, répondit RJ, j'étais en train de me dire qu'il vaudrait peut-être mieux que Phoebe y aille à ma place.

— Phoebe ? répéta Rose, surprise de voir RJ changer ainsi brusquement d'avis.

— Moi ? répéta Phoebe.

— Oui, dit RJ. Tu en sais autant que moi sur les fleurs, voire plus, tu es donc la personne idéale pour trouver des idées pour le jardin. Tu sais qu'elle fera un excellent travail, Rose.

— Mais je pensais que c'était toi qui t'en chargerais, dit Rose.

RJ haussa les épaules et montra d'un geste le belvédère à moitié démonté.

— Je ne peux pas le laisser comme ça. Il pourrait s'écrouler et blesser quelqu'un.

Tyce se pencha vers Phoebe et lui murmura à l'oreille :

— Je me trompe, ou bien son excuse ne tient pas debout ?

— Tu n'as pas encore entendu la mienne, répondit-elle à voix basse pendant que Rose examinait ce qui restait du belvédère.

— Tu as sans doute raison, RJ, déclara enfin la propriétaire du Chalet. Il vaudrait mieux enlever le belvédère aujourd'hui pour ne pas risquer d'avoir des problèmes.

— Exactement, approuva RJ. Et il faut aussi que je commence à installer le décor pour le mariage de Marge Banning, une reproduction de Tara dans *Autant en emporte le vent*. Comme tu dis, ce n'est pas parce que c'est la troisième fois qu'elle se marie qu'il faut se donner moins de mal. (RJ fit un signe de tête en direction de Phoebe.) Phoebe se débrouillera bien mieux que moi avec le nouveau jardin, et je suis sûr qu'elle le fera volontiers. Je me trompe, Phoebe ?

Rose se tourna vers elle.

— Cela ne te dérange pas ? Je sais que c'est beaucoup te demander. Mais il faudrait juste que tu ailles sur le terrain avec Patrick, que tu l'examines pendant qu'il fait le levé, puis que tu nous dises ce que les entrepreneurs pourraient faire du jardin. Ce n'est pas très compliqué, en fait.

Ce n'est pas totalement vrai, songea Phoebe. *Deux des trois choses que tu me demandes sont simples.*

En revanche, passer la journée en compagnie de Patrick Knight serait loin de l'être autant.

Malheureusement, Phoebe ne parvenait pas à trouver une meilleure excuse que celle de RJ pour se défiler. Elle se rendit soudain compte qu'elle serait le sac poubelle avec force en sentant la piqûre d'une épine de rose. Elle allait rappeler à Rose tout le travail qu'elle avait encore à faire, mais RJ la devança :

— Ne t'inquiète pas pour le reste des roses et des compositions florales, lui dit-il. Je m'en occuperai dès que j'aurai terminé de démonter le belvédère.

Phoebe tourna la tête vers Patrick, qui les écoutait avec une expression amusée. De quoi avait-elle peur ? Ce serait purement professionnel. Et Rose n'était pas seulement son employeur, elle était également son amie. Phoebe pouvait-elle vraiment refuser ? Non, d'autant moins que Rose l'avait pratiquement suppliée, ce qui ne lui arrivait que très rarement.

— Bien sûr, Rose, finit par répondre Phoebe avec un sourire. Je serais ravie de te rendre service.

CHAPITRE 2

Patrick se demandait pourquoi son frère n'avait pas voulu l'accompagner sur le terrain comme prévu. Mais, à chaque fois qu'il jetait un coup d'œil vers la jeune femme installée sur le siège passager de son SUV, il se réjouissait que RJ soit resté au Chalet.

Il était conscient que son regard ne cessait de glisser vers Phoebe. Elle était très belle la veille au mariage, mais, dans sa tenue plus décontractée, elle était éblouissante. Elle avait une très jolie silhouette, des traits ravissants et des lèvres charnues, qu'il pouvait sans peine s'imaginer embrasser. Sans peine… et avec un immense plaisir.

— Où se trouve exactement le terrain de Rose ? demanda Phoebe, interrompant le cours des pensées très distrayantes de Patrick.

— Dans le quartier de Sea Cliff, répondit-il. Ce n'est pas très loin d'ici en voiture.

Et c'était bien dommage. Il aurait volontiers continué à conduire pendant le reste de la journée avec Phoebe comme passagère. Malheureusement, elle le remarquerait sans doute s'il prenait quelques détours.

— C'est un quartier intéressant, fit observer Phoebe.
Donovan et Rose doivent être vraiment très investis dans
ce projet. (Elle secoua la tête.) Je n'en reviens toujours
pas de la facilité avec laquelle votre frère m'a embrigadée.

— Je suis content qu'il l'ait fait, dit Patrick.

Il eut l'impression de voir Phoebe se raidir.

— Qu'est-ce que vous pouvez me dire d'autre sur le
terrain ? demanda-t-elle.

Le changement de sujet était trop brutal pour être
naturel, mais Patrick décida de ne pas insister. Du moins
pas pour le moment.

— Il est vraiment bien situé et la vue est magnifique.
Il y a beaucoup d'espace pour aménager un jardin. C'est
un projet très intéressant, et les possibilités ne manquent
pas.

— J'ai l'impression que votre travail vous plaît
beaucoup.

Patrick changea de vitesse alors qu'ils commençaient
à descendre.

— C'est un métier facile à aimer. Il me permet de
construire des maisons qui rendent les gens heureux, et
qui sont habitées pendant de nombreuses années.

— Je pensais que la plupart des architectes voulaient
laisser leur empreinte sur ce monde. Pas vous ?

Patrick secoua la tête.

— Seulement si c'est le désir du client. Je l'ai déjà
fait, mais je préfère généralement créer des bâtiments que
les gens peuvent apprécier.

C'était là la principale difficulté de son travail :

réussir à trouver exactement ce qui ferait le bonheur de ses clients. Une maison était quelque chose de très personnel. Pour concevoir l'espace dans lequel allaient vivre des futurs propriétaires, il devait vraiment apprendre à les connaître. Patrick aimait à penser qu'il en allait de même avec les femmes, et se demanda alors comment il pourrait faire plaisir à Phoebe.

Où l'emmènerait-il si elle acceptait de sortir avec lui ? Dîner, puis danser ? C'était un peu trop conventionnel à son goût, mais il avait appris à ses dépens qu'il valait parfois mieux laisser son originalité de côté. Pour un premier rendez-vous, certaines femmes préféraient un dîner en tête-à-tête dans un bon restaurant à une virée en deltaplane. Mais Patrick ne voyait pas l'intérêt des dîners. Un homme et une femme se retrouvaient dans une situation qui les conduirait peut-être au lit ensuite, mais ils étaient si occupés à jouer un rôle qu'ils ne faisaient connaissance que de façon superficielle.

À quoi bon ? Patrick avait envie d'en apprendre tellement plus sur Phoebe. Son attirance pour elle allait bien au-delà de l'attirance physique. Mais il se demanda si l'option traditionnelle n'était pas préférable. Phoebe était aussi délicate que les fleurs qu'elle arrangeait avec habileté, alors peut-être faisait-elle partie de ces femmes qui s'attendaient à aller au restaurant.

Il s'était indéniablement passé quelque chose entre eux au mariage, et Patrick ne voulait pas prendre le risque de la faire fuir parce qu'il n'était pas un adepte des premiers rendez-vous classiques. Et aller danser avec elle restait une perspective réjouissante : il l'avait déjà fait une fois et se rappelait parfaitement le plaisir qu'il avait éprouvé à la tenir dans ses bras.

Au virage suivant, ils arrivèrent dans le quartier de Sea Cliff. Phoebe s'extasia en découvrant l'emplacement du terrain :

— Vous ne plaisantiez pas en parlant de la vue !

Elle contempla l'océan avec une lueur d'émerveillement dans les yeux, tandis que Patrick la regardait avec fascination. Dès l'instant où il l'avait aperçue la veille au Rose Chalet, il avait eu envie d'apprendre à la connaître.

Il espérait que Phoebe ressentait la même chose.

* * *

Le terrain qu'avaient acheté Rose et Donovan était suffisamment vaste pour accueillir une très grande maison et un immense jardin. La vue était si incroyable qu'il devait être impossible de s'en lasser, songea Phoebe. Bien que, d'après son expérience, les gens finissaient toujours par se lasser de tout, tôt ou tard.

— Phoebe, pouvez-vous tenir cela un instant ? demanda Patrick en lui tendant un jalon.

— Oh, je comprends mieux pourquoi vous vouliez que je vienne avec vous ! s'exclama Phoebe avec un sourire qui ne s'effaça pas lorsqu'elle foula la terre molle et humide avec des chaussures peu adaptées à la situation. Où voulez-vous que je me mette ?

Il s'avéra qu'il n'y avait pas qu'une seule réponse à

cette question.

Pendant que Patrick prenait les mesures, Phoebe tenait le jalon. Petit à petit, ils couvrirent ainsi la quasi-totalité de la surface du terrain. Ce n'était pas exactement ainsi qu'elle avait imaginé passer sa journée, mais il était intéressant de voir la préparation qu'exigeait la construction d'une maison.

Tout en travaillant, Patrick lui demandait son avis sur les possibilités d'aménagement du jardin.

— Que diriez-vous de planter des ficoïdes sur le bord du terrain pour stabiliser la pente vers l'océan ?

Phoebe secoua la tête.

— C'est une espèce tellement agressive qu'elle va recouvrir les délicates fleurs indigènes, et ses racines ne sont pas assez profondes pour stabiliser la terre. De plus, les voisins ne seront sans doute pas ravis d'être envahis par un tapis de ficoïdes.

— Je ne voudrais surtout pas faire fuir une fleur délicate, dit doucement Patrick en regardant le terrain autour de lui. Est-ce qu'il vaut mieux que je mette le jardin devant la maison plutôt que côté océan, pour protéger les plantes de l'air marin ?

— Si nous nous limitons à des variétés locales, cela ne devrait pas être un problème. Les fleurs de San Francisco ne sont généralement pas aussi fragiles qu'elles en ont l'air.

Patrick hocha la tête et soutint son regard.

— C'est bon à savoir, répondit-il avant de se remettre au travail.

Phoebe s'efforça vainement de calmer les battements de son cœur.

Un peu plus tard, il évoqua les différentes options d'agencement, la possibilité de modifier le plan de base, et l'emplacement du jardin. Il était dans son élément, et, même si elle devait se concentrer pour ne pas perdre ses chaussures à talons dans la boue, Phoebe devait reconnaître qu'il était agréable de parler avec une personne aussi passionnée par son métier.

— Nous pourrions mettre des iris de la côte Pacifique ici, qu'en pensez-vous ? suggéra-t-elle en montrant du doigt un endroit qui lui paraissait idéal.

Patrick hésita, et Phoebe mit quelques secondes à comprendre pourquoi.

— Vous ne voyez absolument pas de quoi je parle, n'est-ce pas ? demanda-t-elle en riant.

— Franchement ? Hormis les plantes les plus courantes, je n'y connais pas grand-chose, avoua-t-il.

— Vous êtes le mouton noir de la famille, alors ? le taquina-t-elle. Une lignée de paysagistes, y compris votre frère, et vous, vous construisez des maisons !

— Eh oui, je dois rester vigilant car les membres de ma famille m'attendent au tournant avec une brouette. (Ils se mirent à rire tous les deux.) Plus sérieusement, ils ont très bien accepté que je déroge à la tradition familiale et que je décide de créer des bâtiments plutôt que des jardins.

Phoebe n'arrivait pas à détacher son regard des mains puissantes de Patrick, qui était en train de ranger son matériel. Etait-ce déjà terminé ? Le temps s'était écoulé à toute vitesse. Phoebe avait vraiment passé une bonne journée avec Patrick, et cela faisait bien longtemps que la compagnie d'un homme ne s'était révélée aussi agréable.

— J'aidais un peu ma famille quand j'étais petit, poursuivit Patrick, mais je n'ai jamais eu l'impression d'être à ma place dans un jardin.

Phoebe montra d'un geste les maisons environnantes.

— Et c'est là qu'est votre place ?

Il hocha la tête.

— J'adore créer. Construire quelque chose à partir de rien.

— Pourquoi avez-vous choisi les maisons ? demanda Phoebe en suivant Patrick, qui se dirigeait vers la voiture pour ranger son matériel dans le coffre.

— J'ai travaillé sur quelques grands bureaux et bâtiments publics, expliqua-t-il, mais je voulais que mes projets aient plus d'impact sur la vie quotidienne des gens.

Quand avait-elle rencontré pour la dernière fois un homme aussi modeste ? Elle savait qu'il avait remporté un prix pour avoir « changé le visage du paysage urbain moderne ». Poussée par la curiosité, en rentrant du mariage au Rose Chalet la veille au soir, elle avait en effet cherché des informations sur lui sur Internet.

Tout cela à cause d'un slow délicieux dont le souvenir ne la quittait pas.

— Tout le monde m'a pris pour un fou, confessa Patrick. On m'a dit que les architectes se rabattaient sur les maisons individuelles quand ils n'arrivaient pas à décrocher des projets d'architecture plus prestigieux. Pourtant, c'est avec l'architecture résidentielle que je me sens le plus à l'aise.

— J'ai l'impression que vous n'avez pas peur de faire ce qui vous plaît plutôt que ce qu'on attend de vous.

— C'est vrai, confirma-t-il. Qui ne tente rien n'a rien.

Le regard de Patrick, si doux quelques secondes plus tôt, était devenu intense. Phoebe sentit les battements de son cœur s'accélérer. Il était si près d'elle.

— Et maintenant vous parcourez le pays pour rendre service à votre frère ? plaisanta Phoebe, tentant de détendre l'atmosphère.

— Cela me fait penser que je vous voulais vous poser une question, dit Patrick. Est-ce que RJ et Rose s'entendent bien ?

Phoebe songea alors à la manière dont sa chef et RJ donnaient parfois l'impression de flirter, alors que Rose était fiancée à un autre homme.

— Oui, pourquoi ?

— En réalité, ce n'est pas mon frère qui m'a parlé du projet, mais Donovan. Il m'a contacté après avoir lu un article dans *Architecture Magazine,* dans lequel j'exposais mes idées sur l'introduction des technologies modernes dans les maisons individuelles. Je ne savais même pas qu'il connaissait RJ, jusqu'à ce qu'il mentionne le Rose Chalet dans une conversation.

Phoebe fut étonnée que RJ n'ait pas suggéré à Rose

de prendre son frère comme architecte. Il aurait pourtant certainement été ravi d'aider Patrick. Mais peut-être s'était-il dit que sa chef avait la situation en main, comme c'était habituellement le cas.

— Quelle est la prochaine étape dans la conception de la maison ? demanda Phoebe avec curiosité, à présent qu'elle savait en quoi consistaient les premières phases de planification.

Patrick était visiblement heureux de la voir manifester autant d'intérêt.

— Je vais prendre un peu de temps pour discuter avec Rose et Donovan, afin de me faire une meilleure idée du couple qu'ils sont, répondit-il. Par exemple, j'aurai besoin de savoir s'ils font partie de ces couples qui passent beaucoup de temps à cuisiner ensemble – si c'est le cas, j'aménagerai l'espace de manière à ce que la cuisine soit le centre de la maison. Ou sont-ils plutôt du genre à se câliner sur le canapé en regardant la télévision ? Vont-ils beaucoup recevoir chez eux ? Voudront-ils chacun un espace personnel dans la maison, ou font-ils tout ensemble ?

Phoebe imagina soudain une maison avec un grand atrium rempli de plantes. Il y aurait un joli salon confortable au centre, une cuisine de petite taille parce qu'ils prendraient souvent leur repas dehors, et une grande chambre où ils passeraient beaucoup de temps. Il faudrait aussi certainement un bureau pour que Patrick puisse mettre tous ses plans et maquettes lorsqu'il…

Un instant. Qu'est-ce qui lui prenait ? Pourquoi

pensait-elle à Patrick de cette façon ?

Et pourquoi parvenait-elle si facilement à l'imaginer lui apportant un café dans l'atrium inondé de soleil, tandis qu'elle s'occupait avec amour de ses fleurs exotiques ?

Elle n'eut pas le temps de s'attarder sur la question car Patrick la tira brusquement de ses pensées :

— Merci beaucoup de m'avoir aidé pour ce premier levé du terrain, Phoebe. Si vous êtes d'accord, cela me ferait très plaisir de vous emmener dîner.

Phoebe parut étonnée par la question, et ses joues rosirent de façon charmante.

— Vous voulez m'inviter à dîner ?

— J'ai beaucoup aimé danser avec vous hier soir, Phoebe, et j'ai encore plus aimé votre compagnie aujourd'hui.

Elle recula d'un pas et secoua la tête.

— Je n'aurais pas dû danser avec vous hier soir.

— Vous n'auriez pas dû ? (Il fronça les sourcils, ne comprenant pas pourquoi elle était brusquement nerveuse alors que leur journée de travail s'était si bien déroulée.) J'ai pourtant eu l'impression que nous avions tous les deux passé un très bon moment.

Il crut voir passer une expression d'indécision sur son visage, pendant un bref instant seulement. L'éclat qui avait illuminé son regard pendant toute la journée s'éteignit peu à peu.

— Je ne crois pas que cela marcherait entre nous, Patrick. Nous n'attendons manifestement pas la même chose de la vie.

Patrick avait besoin de savoir.

— Et qu'est-ce que vous attendez de la vie ?

— C'est une question bien personnelle. Nous nous connaissons à peine.

— C'est justement pour cela que je vous ai proposé de dîner avec moi.

Pendant quelques instants, il crut que Phoebe ne répondrait pas. Elle finit par hausser les épaules.

— Je souhaite la même chose que tout le monde. Être heureuse. Profiter de la vie et avoir un métier qui me plaît.

— Vous m'avez donné l'impression d'aimer votre travail.

Elle hocha la tête.

— C'est un bon travail. J'ai toujours aimé les fleurs, et, au Rose Chalet, je ne fais pas que créer des bouquets pour les hommes qui ont quelque chose à se faire pardonner.

Patrick eut le sentiment que Phoebe venait de se dévoiler un peu.

— Croyez-vous vraiment que c'est la seule raison pour laquelle les gens s'offrent des fleurs ? demanda-t-il doucement.

— C'est principalement pour cela.

— Je n'ai jamais offert de fleurs pour me faire pardonner. Vous en a-t-on déjà offert pour cette raison ?

Elle secoua la tête.

— Personne ne m'a jamais offert de fleurs. Les gens

doivent penser que j'en ai déjà assez avec mon travail.

Patrick songea que c'était triste. Si une femme méritait des fleurs et était capable de les apprécier, c'était bien Phoebe. Et mieux que personne, elle devrait se rendre compte que ce geste était bien loin d'être uniquement un moyen de rattraper des erreurs.

— Mais, quoi qu'il en soit, quelle importance? demanda-t-elle, rompant le silence qui s'était subitement installé entre eux. Je vous le répète, tout ce que je désire, c'est être heureuse. Et je le suis. J'ai des amis et un métier que j'aime au Rose Chalet. Pourquoi vouloir compliquer cela?

Patrick aurait pu lui donner toutes sortes de raisons, mais il répondit simplement :

— Peut-être qu'un jour cela ne vous suffira plus.

— Peut-être, dit-elle d'un air sceptique. Mais ce n'est pas pour demain.

Patrick savait qu'il ferait mieux de ne pas insister, mais parfois le cœur l'emportait sur la raison.

— Je n'arriverai jamais à vous convaincre qu'une relation amoureuse pourrait vous rendre heureuse, n'est-ce pas ?

Elle secoua fermement la tête.

— Je pense que nous devons accepter de ne pas avoir le même avis sur ce sujet.

— Nos avis divergent, c'est le moins que l'on puisse dire.

Elle se mit à rire.

— Je suppose que vous avez raison.

— Alors, que diriez-vous de continuer à ne pas être d'accord en dînant ensemble ?

Phoebe leva les yeux au ciel.

— Vous n'avez pas l'intention de laisser tomber, on dirait ?

— Non, répondit-il en adressant son plus beau sourire à la femme magnifique qui se trouvait devant lui, bien qu'il soit tout à fait sérieux. Pas le moins du monde. (Si elle refusait encore une fois, il lui faudrait cependant bien se résoudre à renoncer, mais cela ne serait que provisoire.) Un dîner, Phoebe, pour vous remercier de m'avoir aidé aujourd'hui. Alors, c'est oui ?

Patrick avait toujours cru au pouvoir de la persévérance, mais il ne dénigrait pas pour autant celui de la chance. Elle lui avait déjà souri à de nombreuses reprises dans la vie. Mais jamais autant que lorsque Phoebe finit par lui répondre en souriant :

— D'accord, allons dîner !

CHAPITRE 3

— Vous êtes sûr que ce n'est pas la peine que je passe chez moi me changer ? demanda Phoebe. J'ai de la boue sur mes chaussures. Plein de boue.

— Je ne pense pas que cela sera un problème, répondit Patrick, qui venait d'appeler le restaurant pour annoncer leur arrivée quelques minutes plus tard. Et vous êtes superbe.

Phoebe sourit à ce compliment, mais aussi à l'idée qu'il n'était pas nécessaire de bien s'habiller pour aller dans l'établissement où il l'emmenait. Elle aimait être chic, mais elle détestait les dîners guindés.

Elle savait qu'elle devait être prudente et garder ses distances avec Patrick. Depuis le moment de leur rencontre, des pensées insensées n'avaient cessé de lui traverser l'esprit, elle qui était d'ordinaire si raisonnable.

Elle ne pouvait cependant pas nier qu'il était très bel homme et qu'il y avait une vraie alchimie entre eux. Et puis, il ne serait pas là indéfiniment, puisqu'il retournerait à Chicago dès qu'il aurait terminé la maison.

Ils ne devaient donc surtout pas faire l'erreur de devenir trop proches. Mais qu'est-ce qui empêchait

Phoebe de prendre un peu de bon temps ?

— Alors, où m'emmenez-vous ? demanda-t-elle.

Patrick lui sourit.

— Vous n'aimez pas les surprises ?

— Cela dépend, répondit Phoebe. Mais pour être honnête, j'ai souvent eu des mauvaises surprises avec les hommes.

— Vraiment mauvaises ? demanda-t-il.

— J'ai rencontré un type qui collectionnait les poupées anciennes. Quand je suis entrée chez lui, elles étaient toutes assises sur ses étagères et me regardaient fixement. Je suis partie sans demander mon reste.

Patrick éclata de rire.

— Je peux vous rassurer, je n'ai aucun secret de ce genre.

— Les gens cachent toujours quelque chose, rétorqua Phoebe. (Prenant conscience qu'elle en révélait beaucoup trop sur elle-même, alors qu'elle venait de se promettre que les choses resteraient simples et légères entre eux, elle s'empressa de ramener la conversation sur un terrain moins sérieux.) Vous, par exemple, vous me cachez le nom du restaurant, ajouta-t-elle avec un sourire.

— Si vous voulez vraiment savoir, je vais vous le dire.

— Non, dit-elle en s'adossant contre le siège en cuir pour essayer de se détendre. Vous avez raison, les surprises sont parfois amusantes.

Elle n'arrivait pourtant pas à se souvenir de la dernière fois qu'un homme avait pris la peine de lui faire une bonne surprise.

Pendant le trajet, Phoebe passa silencieusement en revue la liste des restaurants qu'elle connaissait. Elle avait fait tellement de dîners à deux qu'elle était désormais capable d'en dire beaucoup sur un homme en fonction de l'endroit où il l'emmenait pour un premier rendez-vous. Certains choisissaient l'établissement le plus chic qui était dans leurs moyens, pour essayer de l'impressionner, tandis que d'autres préféraient les restaurants plus intimes. Dans tous les cas, elle avait toujours suffisamment d'argent sur elle pour partager l'addition.

Ils se dirigeaient vers la baie de San Francisco, et Phoebe se demanda si un nouveau restaurant y avait ouvert. Ils se garèrent près d'un petit espace vert avec une vue magnifique sur la mer. Quelques tables avaient été installées pour que les gens puissent dîner dehors.

— Qu'est-ce que c'est ?

Patrick sourit. Il était si beau que Phoebe eut l'impression que son cœur allait s'arrêter de battre. C'était la première fois que cela lui arrivait.

— J'ai entendu parler du *Traiteur Nomade* quand j'organisais mon voyage à San Francisco. J'ai trouvé l'idée géniale : un restaurant itinérant qui se déplace au gré des envies du propriétaire. J'ai envie d'y aller depuis mon arrivée à San Francisco, mais il fallait juste que je trouve la bonne personne pour m'accompagner.

La bonne personne pour l'accompagner dans un restaurant itinérant, toujours à la recherche d'un meilleur emplacement ? Cela lui correspondait tout à fait. Et elle se réjouissait que Patrick paraisse également s'en rendre compte.

Elle comprenait à présent pourquoi la boue sur ses chaussures n'avait pas paru le déranger outre mesure. Un dîner à l'extérieur était forcément plus décontracté, et par ailleurs il était difficile d'y éviter la boue.

Il émanait du restaurant en plein air une ambiance presque magique. L'espace était décoré de lanternes, et chaque table était orientée de manière à offrir aux clients la meilleure vue possible sur le Golden Gate Bridge.

— Il faut absolument que j'en parle à mon amie Julie, dit Phoebe tandis que le serveur les accompagnait à leur table. Elle adore ce genre d'endroits.

Patrick haussa les sourcils.

— Et vous ? C'est tout ce qui m'intéresse.

— Je pense que je pourrai m'y faire pour la soirée, répondit-elle avec un sourire.

Ils regardèrent la carte pendant quelques instants. En entrée, Phoebe opta pour une salade et Patrick pour la soupe. Le jeune serveur s'empressa d'aller transmettre leurs commandes, tandis que Phoebe regardait autour d'elle l'emplacement choisi par le *Traiteur Nomade* ce soir-là.

À quelques mètres des tables, elle remarqua des plates-bandes de pervenches bleues et de coquelicots rouges.

— L'amitié naissante et le plaisir, murmura Phoebe.

Patrick la regarda avec un air interrogateur.

— Comment cela, l'amitié naissante et le plaisir ?

— Oh, c'est juste le langage des fleurs. (Phoebe détourna un instant les yeux face à l'intensité du regard de Patrick.) On ne peut pas s'empêcher d'y penser quand on est fleuriste. C'est sans doute un peu démodé, mais de temps en temps j'aime bien réaliser un bouquet qui a un sens, plutôt que de me contenter d'assembler pêle-mêle quelques jolies couleurs.

— Je ne sais pas pourquoi, mais j'ai du mal à vous imaginer assembler des fleurs pêle-mêle, dit Patrick au moment où le serveur apportait les entrées. Si toutes les fleurs ont une signification, cela veut dire que vous choisissez celles que vous mettez dans vos bouquets en fonction des gens qui se marient ?

— En réalité, il s'agit généralement plutôt de fleurs qu'ils aiment. Principalement des roses et des orchidées, même si j'essaie de compléter un peu mes compositions pour les rendre uniques.

— D'après vous, quelle est la fleur qui vous décrirait le mieux ?

Elle fut surprise par la profondeur de sa question.

— Vous savez que je pourrais vous raconter n'importe quoi, n'est-ce pas ? N'oubliez pas que j'ai passé la journée à vous apprendre des choses sur les fleurs.

— C'est vrai. (Il se pencha légèrement vers elle.) Je suis prêt à prendre le risque.

C'était un jeu, alors que pourrait-elle lui répondre ? L'orchidée, pour la beauté et le raffinement ? Cela ferait sans doute sourire Patrick, et il avait déjà montré à plusieurs reprises ce soir-là qu'il avait un sourire magnifique. Ou bien peut-être une variété de roses ?

Mais sans pouvoir se l'expliquer, elle ne pouvait se résoudre à lui donner une réponse qui n'avait aucun sens.

— Sans doute l'anémone pulsatille.

C'était la fleur qu'on envoyait à son amant pour lui faire comprendre qu'on ne lui appartenait pas. Oui, c'était parfait.

Constatant que Patrick ne paraissait avoir aucune idée de ce que cela signifiait, Phoebe lui fit un clin d'œil avant de lancer :

— Vous êtes sûr que vous n'avez pas été adopté ?

— RJ se pose aussi parfois la question, répondit-il. Parlez-moi de cette fleur.

Pourquoi lui avait-elle répondu sérieusement ? Ce n'était pourtant pas ce qu'elle faisait habituellement avec les hommes.

Malheureusement, Patrick ne semblait ressembler à aucun des autres hommes qu'elle avait connus.

— C'est une ravissante fleur violet clair, qui fleurit au printemps. (Elle savait cependant pertinemment que ce n'était pas ce qu'il lui demandait) Certaines personnes pensent qu'elle symbolise la liberté.

Par chance, le serveur arriva à ce moment-là pour débarrasser leurs assiettes et prendre la suite de la commande. Quand il repartit, Phoebe se promit d'éviter tout sujet de conversation qui la concernait. D'après son expérience, les hommes adoraient parler d'eux-mêmes.

— Dites-moi, combien de temps faut-il habituellement pour construire une maison ?

— Cela peut prendre des mois, répondit Patrick, mais je ne suis pas présent la plupart du temps. Il me faut quelques semaines pour dessiner les plans, puis je me rends sur place pour régler les problèmes importants auxquels sont parfois confrontés les entrepreneurs.

— Vous bougez donc sans arrêt d'une ville à l'autre, sans jamais vous poser ?

Cette idée plaisait à Phoebe. Si elle avait une aventure avec Patrick, aucun d'eux ne serait blessé. Son départ y mettrait un terme, et ils passeraient naturellement à autre chose.

— On peut dire ça, répondit-il. J'aime penser que cela me permet d'aider les gens à construire la maison de leurs rêves. Je sais aussi que ma famille est toujours là pour moi quand j'ai besoin de souffler un peu. Grâce à elle, j'ai toujours eu le sentiment d'être établi quelque part.

Le serveur arriva avec leurs steaks, et ils s'attaquèrent à la viande parfaitement préparée.

— Vous savez, cela fait bien longtemps que je n'ai pas autant apprécié un dîner en tête-à-tête, dit Phoebe.

— Le plaisir est partagé, répondit-il avec un regard qui ne laissait pas de doute sur sa sincérité.

Les paroles de Patrick lui firent presque l'effet d'une caresse. Mais elle appréciait ce dîner et préférait ne pas hâter les choses. Ils auraient suffisamment de temps après. Ce qu'elle préférait dans ce genre d'aventures, c'était leur intensité.

— Il y a quelque chose que je ne comprends pas,

Patrick.

— Qu'est-ce que c'èst ? demanda-t-il.

— Eh bien, vous construisez des maisons pour des couples et vous accordez manifestement beaucoup d'importance au mariage. Et pourtant vous êtes ici avec moi, et non chez vous avec une épouse. Je me demande juste pourquoi une fille chanceuse ne vous a pas encore mis la main dessus.

Patrick fit la grimace.

— Chanceuse, vraiment ?

Phoebe réprima un petit rire.

— Vous recherchez les compliments. Et vous éludez la question. Allez, dites-moi, puisque vous croyez tant au bonheur du mariage, pourquoi n'avez-vous pas encore d'alliance à votre doigt ?

— Peut-être que je n'ai tout simplement pas encore rencontré la bonne personne. (Patrick lui adressa un regard appuyé et amusé. Mais elle lut aussi quelque chose de plus fort dans ses yeux. Quelque chose qu'elle n'était pas prête à envisager.) D'ailleurs, sachez que vous êtes une candidate potentielle.

Phoebe sursauta si violemment qu'elle faillit renverser son assiette. Elle avait passé un excellent moment jusque-là, mais son plaisir s'évanouit subitement.

Comment pouvait-il faire cela ? La soirée s'annonçait pourtant si bien. Mais ce n'était plus possible. Elle ne pouvait pas rester.

Plongeant la main dans son sac, elle attrapa son téléphone portable et lança l'application qui déclenchait la sonnerie. Celle-ci s'était déjà révélée très pratique lors de dîners à deux qui s'éternisaient. Elle ne pensait pourtant pas qu'elle devrait s'en servir avec Patrick.

Ou, plutôt, elle avait espéré que cela ne serait pas nécessaire.

— Je suis désolée, mais je dois prendre cet appel, lui dit-elle quand la sonnerie retentit. (Elle approcha le téléphone de son oreille.) Maman ? Que se passe-t-il ? Où es-tu ? (Elle hocha la tête.) Ne bouge pas, j'arrive.

Elle rangea son portable dans son sac.

— Tout va bien ? demanda Patrick.

— Pas vraiment. (Elle ne mentait pas complètement, au moins.) C'était ma mère. Elle vient de me dire qu'elle était à San Francisco. (Elle recula sa chaise et se leva.) Je ne sais pas exactement ce qui se passe, mais je dois partir.

Patrick se leva à son tour.

— Laissez-moi au moins…

— Non, non, tout va bien, se hâta-t-elle de répondre alors qu'il n'en était rien. (Elle n'avait qu'une envie, c'était de partir le plus vite possible.) Vous devriez terminer votre dîner. Et profiter de la vue. C'était délicieux. Merci, Patrick.

Sans lui laisser le temps de dire quoi que ce soit, elle tourna les talons et s'éloigna avec empressement.

CHAPITRE 4

Patrick se gara dans l'allée privée de RJ et essaya une nouvelle fois de téléphoner à Phoebe avant de sortir de sa voiture. Il voulait s'assurer qu'elle allait bien, après la manière abrupte dont elle avait quitté le restaurant, mais elle ne répondait pas à ses appels. Il avait fait plusieurs fois le tour du pâté de maisons près du parc pour lui proposer de la ramener chez elle, mais ne l'avait pas trouvée.

Elle lui avait semblé si nerveuse – et coupable – avant de s'enfuir qu'il ne pouvait s'empêcher de se demander si toute cette histoire avec sa mère n'était pas juste une excuse. Avait-il eu tort d'être aussi direct avec elle ? De l'inviter à dîner, mais aussi de lui faire comprendre clairement qu'il voulait une relation sérieuse ?

Il n'aurait cependant pas pu faire autrement. Il refusait de mentir à Phoebe et de prétendre qu'une nuit ensemble lui suffirait. Ce n'était pas son genre.

Ce ne serait jamais son genre.

RJ était assis sur le canapé et regardait un match de football américain qui venait de commencer.

— Tu en as mis du temps. Il y avait un problème sur

le terrain ?

Patrick prit la bière que lui offrit son frère.

— Non, non, tout s'est très bien passé.

Avec le travail du moins.

Il s'efforça de s'intéresser au match entre les 49ers de San Francisco et les Bears de Chicago, mais il avait du mal à se sortir Phoebe de la tête. Il la revoyait en train de lui parler du langage des fleurs. Sa bouche paraissait si douce et tendre qu'il s'imaginait sans peine le goût de ses lèvres pressées contre les siennes.

Mais après ce qui s'était passé ce soir-là, ce n'était pas près d'arriver.

— Non mais je rêve ! cria RJ en direction de l'écran. Cet arbitre est aveugle !

Patrick se mit à rire, et cela lui fit du bien.

— Tu es juste énervé de voir que mon équipe gagne.

— Ton équipe ? répéta son frère. Tu déménages à l'autre bout du pays, et cela te suffit pour changer brusquement d'équipe ?

— Au moins, ils sont en train de gagner.

— Traître !

Pendant toute la première moitié du match, RJ jura à chaque faute de l'équipe locale tandis que Patrick se faisait un malin plaisir d'encourager les Bears avec enthousiasme. Il avait l'impression d'être de nouveau un petit garçon dans la vieille maison de ses parents le jour d'un match important, quand toute la famille était rassemblée devant la télévision.

À la mi-temps, RJ se tourna vers son frère.

— Est-ce que Phoebe m'en voulait ? J'aurais dû la prévenir que j'aurais peut-être besoin d'elle pour aller sur le terrain de Rose et Donovan.

Patrick remarqua la légère crispation sur le visage de son frère quand il prononça le nom de l'éminent chirurgien plastique.

— Non, je ne pense pas. Mais comme moi, elle était étonnée de te voir changer d'avis aussi soudainement.

RJ haussa les épaules.

— J'avais plein de choses à faire cet après-midi.

Patrick était sceptique. RJ aurait pu terminer rapidement son travail s'il l'avait voulu, d'autant plus que Rose ne semblait voir aucun inconvénient à le voir s'absenter quelques heures.

Mais sans laisser à Patrick le temps de lui poser davantage de questions, RJ se leva du canapé pour aller chercher un autre paquet de chips dans la cuisine.

— Tu as faim ? demanda-t-il, manifestement désireux de changer de sujet. Je peux préparer des steaks.

— Non, merci, j'ai déjà dîné. J'ai emmené Phoebe au restaurant.

Son frère haussa les sourcils.

— Pour la remercier de t'avoir rendu service, je suppose ?

Patrick secoua la tête, même si c'était exactement la raison qu'il avait donnée à Phoebe pour essayer de la convaincre de passer la soirée avec lui.

— Non, c'était plus un rendez-vous.

— Un rendez-vous ?

— Pourquoi est-ce que cela t'étonne tant ? demanda Patrick un peu plus vivement que nécessaire.

— Ce n'est pas toi. C'est juste que Phoebe n'est pas du genre à se poser avec quelqu'un.

— Qu'est-ce que tu veux dire par là ? demanda Patrick, se sentant immédiatement agressé par les paroles de son frère. Je pensais que Phoebe était ton amie.

— Ce n'est pas la peine de monter sur tes grands chevaux.

— Alors, tu peux continuer à l'insulter ? Je ne suis pas d'accord.

RJ secoua la tête.

— Je ne l'insulte pas. Je dis simplement que Phoebe ne cherche pas de relation sérieuse. N'aie simplement… pas trop d'attentes, d'accord ?

— Tu veux dire que tu n'as jamais été tenté d'inviter Phoebe à sortir avec toi ?

RJ parut stupéfait par sa question.

— Quoi ? Non ! Jamais.

— Oh, allez. Je sais que nos goûts en matière de femmes ne sont pas si différents. Tu as bien dû y penser.

RJ secoua la tête.

— Ce n'est pas ainsi que les choses se passent au Rose Chalet.

— Pourquoi ? demanda Patrick. Vous avez tous fait vœu de chasteté ?

Son frère sourit.

— Non, je ne crois pas que c'était mentionné dans notre contrat de travail. Mais nous travaillons ensemble depuis tellement longtemps que nous sommes un peu comme une grande famille.

— Vraiment ? répliqua Patrick sans pouvoir s'en empêcher. Et Rose aussi, alors ?

RJ lui lança un regard noir.

— Surtout Rose.

Patrick comprit soudain la raison pour laquelle RJ n'avait pas voulu travailler sur les plans de la maison de Rose et Donovan. Une chose au moins était claire, ce soir-là.

— On continue à se disputer, demanda RJ, ou on regarde la deuxième mi-temps ?

Patrick prit la deuxième bière que lui tendait son frère et se rassit à contrecœur pour voir gagner Chicago, sans y prendre le même plaisir qu'à la première mi-temps.

RJ le pensait-il vraiment ? Phoebe refuserait-elle de sortir avec un homme qui voulait plus qu'une aventure sans lendemain ? Et même si c'était vrai, était-ce important ?

Patrick refusait de renoncer à Phoebe uniquement à cause des murailles dont elle s'entourait pour tenir les gens à distance. Il lui faudrait simplement trouver un moyen de les franchir. Et quand il y serait parvenu, il ferait évoluer lentement et prudemment ce qu'il y avait entre eux, jusqu'à construire une relation durable.

Un sourire se dessina alors sur ses lèvres, le premier véritable sourire depuis que Phoebe avait brusquement quitté le restaurant : s'il avait un talent, c'était bien celui de bâtir des choses durables.

CHAPITRE 5

Phoebe paya le chauffeur de taxi et s'engouffra dans l'escalier de son immeuble. Elle avait hâte de franchir la porte d'entrée pour s'isoler d'un monde dans lequel des hommes comme Patrick Knight ne voyaient pas d'inconvénient à parler de mariage dès le premier rendez-vous.

Premier *et* dernier rendez-vous.

Il était désormais hors de question qu'elle envisage une aventure avec Patrick. Il était peut-être beau et d'agréable compagnie, mais il y avait plein d'hommes comme lui.

Elle tourna sur le palier en arrivant au premier étage et faillit bousculer son voisin, un jeune homme qu'elle avait vu plusieurs fois sortir de l'appartement en dessous du sien.

— Cela tombe bien ! déclara-t-il. Je voulais venir me présenter. (Il lui tendit la main.) Je m'appelle Jack. J'habite avec ma copine au 1F.

— Phoebe, dit-elle en lui serrant la main. Enchantée.

Elle allait continuer à monter, mais il l'arrêta en disant :

— Nous avons prévu d'organiser une soirée dans quelques semaines pour fêter nos fiançailles, et nous voulons inviter tous les gens de l'immeuble. Nous nous sommes dit que c'était l'occasion de rencontrer enfin nos voisins. Cela nous ferait plaisir que vous veniez.

— Félicitations ! répondit-elle. Je travaille souvent le week-end, mais tenez-moi au courant une fois que vous aurez fixé la date. Je viendrai si je peux.

Phoebe espéra qu'elle ne se montrait pas trop impolie en ne prolongeant pas la conversation, mais elle avait vraiment besoin de prendre un long bain et de traîner devant la télévision avec un verre de vin.

Elle fut soudain surprise de ressentir un étrange désir de posséder une maison avec un jardin dont elle pourrait s'occuper. C'était sans doute la conséquence de la journée qu'elle avait passée avec Patrick sur le terrain de Rose, et de l'invitation à la soirée de fiançailles de son voisin.

Pourtant, ses amis propriétaires lui disaient tous qu'elle avait de la chance de ne pas à avoir à gérer l'entretien d'une maison et d'un jardin, et s'émerveillaient de voir qu'elle réussissait à mener une vie presque exempte de problèmes.

Phoebe n'avait jamais vu tellement d'intérêt à s'encombrer de biens matériels, à deux exceptions près. La première était sa collection de vêtements, qui ne rentrait plus dans ses placards depuis bien longtemps et était désormais rangée sur d'élégantes penderies disposées le long d'un mur. La deuxième était ses plantes en pot, éparpillées un peu partout dans l'appartement. Elles ne demandaient rien d'autre qu'un peu d'eau et de lumière pour pousser, et c'était l'une des raisons pour lesquelles elle les adorait.

Phoebe songea que son appartement était là pour lui rappeler pourquoi elle n'avait pas besoin de quelqu'un qui lui compliquerait la …

— Salut, ma chérie.

… vie.

— Maman ?

Phoebe repensa à l'excuse qu'elle avait donnée à Patrick pour justifier son départ : sa mère était à San Francisco et avait besoin d'aide. C'était juste un petit mensonge pieux. Et voilà qu'elle l'attendait dans son appartement ! Le gardien avait dû la laisser entrer.

Même si elle ne croyait pas au karma, c'était tout de même étrange.

Angela Davis avait une cinquantaine d'années, et on disait souvent à Phoebe que s'il était vrai que les femmes finissaient par ressembler à leur mère, elle aurait bien de la chance. Il émanait d'Angela une impression d'élégance, de son maquillage impeccablement appliqué à ses ongles manucurés. Mais en s'approchant, Phoebe se rendit compte que son maquillage avait coulé, et que sa valise était posée près du canapé, légèrement en retrait.

— Bonjour, ma puce. Je suis si contente de te voir.

Angela la serra dans ses bras, l'enveloppant dans un nuage de parfum floral qui ramena brusquement Phoebe des années en arrière, quand elle avait cinq ans et qu'elle se blottissait sur les genoux de sa mère. C'était une fragrance créée par Estée Lauder à partir de tubéreuse et de gardénia.

— Moi aussi, maman, dit-elle, guettant la remarque à laquelle elle aurait bientôt droit.

— Tu n'as donc toujours pas changé d'appartement, fit observer sa mère en s'écartant de Phoebe et en jetant un regard dédaigneux autour d'elle. Tu as un bon travail, Phoebe. Tu pourrais faire tellement mieux.

— J'aime bien mon appartement, maman.

— Vraiment ? demanda sa mère comme si c'était totalement inconcevable. Mais si tu avais une maison, tu pourrais par exemple avoir une chambre d'amis pour recevoir correctement ta mère quand elle te rend visite. D'ailleurs, si tu avais acheté quand le marché était au plus bas…

— Je serais coincée avec une énorme dette.

Mais sa mère ne l'écoutait pas. Elle s'était approchée d'un bromélia rose en fleur dans le coin de la pièce et passait doucement ses doigts sur une des feuilles.

L'amour des fleurs était une chose qu'elles avaient en commun. Et Phoebe avait parfois l'impression que c'était la seule. Elle savait que sa mère n'était pas simplement venue lui rendre visite, car ce n'était malheureusement pas la première fois que cela se produisait.

Phoebe regarda avec tristesse le visage de sa mère se décomposer et ses épaules s'affaisser. Elle retourna vers le canapé et s'assit lourdement.

— David m'a quittée.

Le cœur de Phoebe se serra. C'était difficile pour elle

de voir sa mère dans cet état. Elle ne savait jamais quoi lui dire… et quand elle disait quelque chose, cela ne semblait jamais être ce que sa mère voulait entendre.

Phoebe s'assit près d'elle et lui prit la main.

— Il t'a quittée comme ça ?

— Il a dit qu'il voulait être *heureux*. (Sa mère était au bord des larmes, et Phoebe tendit le bras pour attraper la boîte de mouchoirs au bout de la table.) Je croyais que nous étions heureux. Nous venions de fêter le premier anniversaire de notre rencontre.

Si l'on se basait sur les précédentes relations de sa mère, une année était presque une éternité. Phoebe avait du mal à comprendre comment on pouvait autant s'investir dans des histoires si courtes. Mais sa mère continuait à le faire, et, à chaque fois, cela finissait mal – systématiquement

Angela luttait pour retenir ses larmes, et Phoebe savait qu'elle ne tarderait pas à essayer de changer de sujet pour penser à autre chose.

— Tu sais, ma chérie, si tu tiens tant à vivre dans un appartement, tu pourrais au moins faire un effort pour l'aménager correctement. Les bons magasins de meubles ne manquent pas à San Francisco.

Phoebe retira sa main de celle de sa mère.

— Je suis très bien dans mon appartement. (Elle fit un geste vers la fenêtre de la cuisine.) Regarde comme les orchidées poussent bien avec cette lumière.

— Elles sont très belles, approuva sa mère, mais le reste est…

Phoebe se leva. Elle aimait sa mère, bien sûr, mais quand celle-ci faisait irruption ainsi dans sa vie parce qu'elle n'avait nulle part ailleurs où aller après une rupture brutale, elle avait parfois du mal à se souvenir pourquoi.

— Je vais chercher des draps et des couvertures pour faire le lit sur le canapé. Tu peux prendre ma chambre.

— Merci, ma chérie. Je ne resterai pas longtemps, je te promets.

Sa mère l'aida à préparer le lit puis s'assit sur le canapé. Elle invita Phoebe à l'y rejoindre en lui lançant le regard que celle-ci appréhendait plus que tout.

— Tu vois quelqu'un en ce moment ?

— Non, répondit Phoebe en sentant ses joues s'enflammer.

Mais sans doute ne pouvait-elle s'en prendre qu'à elle-même. Si elle n'avait pas paniqué pendant le dîner, elle passerait encore un agréable moment avec Patrick. Peut-être même serait-il en train de l'embrasser… Elle pensa alors avec regret à sa bouche magnifique.

— Fais attention à ne pas finir comme moi, Phoebe, l'avertit sa mère avec tristesse. Je m'inquiète tellement pour toi. Je sais que tu as l'impression d'avoir l'éternité devant toi, mais fais-moi confiance, plus on vieillit et plus les années passent vite. Tu n'as sûrement pas envie de vieillir seule. (Sa mère s'interrompit un instant.) Tu as des nouvelles récentes de ton père, Phoebe ?

Plus qu'exaspérée par la tournure qu'avait prise la soirée, Phoebe ne parvint à se maîtriser qu'à grand-peine.

— Maman, peux-tu ne pas faire cela, pour une fois ?

— De quoi parles-tu ?

Sa mère avait l'air sincèrement surprise par la question de Phoebe. Ne se souvenait-elle vraiment pas de ce qui finissait toujours par arriver quand elle se séparait d'un homme ?

Peut-être que non. Peut-être était-ce la raison pour laquelle elle continuait à commettre les mêmes erreurs, encore et encore. Mais le problème était que Phoebe, elle, s'en souvenait. Elle ne s'en souvenait que trop bien.

— Tu vas me demander comment va papa, s'il voit quelqu'un en ce moment, et s'il parle encore de toi. Puis, tu vas te torturer l'esprit avec votre divorce et…

— C'était mon mari, Phoebe. Le lien qui se crée entre deux personnes qui se marient ne se rompt jamais, contrairement au mariage.

Phoebe savait qu'elle ferait mieux de quitter la pièce avant de dire quelque chose qu'elle finirait peut-être par regretter.

— La journée a été longue, maman. Je suis désolée, mais je suis vraiment fatiguée et je me sens sale. Je vais aller prendre un bain puis me coucher sur le canapé.

Quelques minutes plus tard, en se glissant dans la baignoire remplie d'eau fumante, elle songea que la nouvelle rupture de sa mère ne faisait que lui confirmer qu'elle avait très bien fait de ne pas aller plus loin avec Patrick. C'était le seul point positif de sa soirée.

Elle s'empara du savon et d'un gant de toilette et commença à nettoyer ses mains et ses pieds couverts de terre. Mais elle avait beau frotter aussi fort qu'elle pouvait, elle n'arrivait pas à se débarrasser des désirs qui l'assaillaient. Il ne s'agissait pas seulement d'un désir de maison et de jardin, mais aussi d'un homme avec qui les partager. Un homme qui l'aimerait de manière inconditionnelle.

Un homme à qui elle pourrait faire confiance.

Un homme qui ferait battre son cœur quand il la tiendrait dans ses bras.

Un homme qui ressemblait étrangement à Patrick Knight.

CHAPITRE 6

Phoebe partit travailler tôt le lendemain matin. À son arrivée, elle tomba sur RJ dans la grande salle du Rose Chalet. Il était en train d'installer la reproduction de la façade de Tara dans *Autant en emporte le vent*. Marge Banning avait souhaité qu'ils transforment l'ensemble du Rose Chalet en une reconstitution de la vieille maison de plantation. Phoebe n'avait jamais réussi à comprendre les raisons de cette fascination, d'autant moins que Scarlett ne finissait pas par avoir l'homme qu'elle désirait.

— Tout se passe comme tu veux ? demanda Phoebe à RJ.

Le châssis était presque en place, mais il restait visiblement encore beaucoup à faire.

— Cela va prendre du temps mais j'y arriverai, comme la dernière fois.

L'organisation d'un mariage de la Triplette n'avait cependant pas que des inconvénients. Ils savaient déjà exactement ce qui fonctionnerait et ne fonctionnerait pas, et leur tâche principale consistait donc à essayer de reproduire ce qui avait été fait la fois précédente.

— À propos, il y a quelques glaïeuls qui viennent

d'éclore. (Il lui sourit.) Tu crois que tu arriveras à convaincre Marge Banning d'essayer de nouveaux bouquets ?

— Je ne perds rien à tenter en tout cas, répondit Phoebe. Mais j'ai peur que cela soit mission impossible. Et je pense que Rose va me maudire si Marge décide de changer ses projets à cause de moi.

RJ fronça les sourcils lorsqu'elle mentionna leur chef, puis se remit au travail. Phoebe s'éloigna rapidement, voulant éviter qu'il lui pose des questions sur le terrain de Rose et Donovan.

S'ils parlaient de la maison, ils parleraient inévitablement de Patrick. Et compte tenu de la manière dont la soirée de la veille s'était terminée, il serait plus que gênant d'en discuter avec son frère.

Qu'est-ce qui lui avait pris d'accepter l'invitation à dîner de Patrick ? Elle savait pourtant que cela risquait d'être source de problèmes.

Mais heureusement, RJ semblait aussi peu disposé que Phoebe à parler de la maison ou de Patrick, du moins pour le moment.

Elle sortit dans le jardin et commença à chercher les fleurs qu'elle pourrait utiliser. C'était l'un des grands avantages de son travail au Rose Chalet : il lui permettait d'avoir à disposition le jardin dont elle était privée en vivant dans un appartement. Il y avait également une petite serre cachée au fond du parc. Et avec tous ses contacts dans les marchés aux fleurs de San Francisco, elle trouvait généralement sans difficultés les fleurs qu'elle voulait pour ses compositions.

Si seulement c'était aussi facile avec les hommes.

Phoebe chassa cette pensée de son esprit et s'approcha des glaïeuls. RJ avait dit vrai, ils étaient en pleine floraison. Phoebe en coupa un avec précaution et prit un moment pour en savourer le parfum.

Les glaïeuls symbolisaient le coup de foudre.

Il n'y avait absolument aucune raison pour que cette pensée la rende triste, se dit-elle fermement en s'éloignant pour aller trouver Rose, qui était à l'autre bout du jardin.

Sa chef était assise au soleil devant une table et passait en revue des papiers. Elle devait être en train d'étudier les options pour sa nouvelle maison ou bien pour son propre mariage, car même elle n'avait pas pu trouver grand-chose à faire pour le troisième mariage de Marge Banning.

Rose leva les yeux en l'entendant s'approcher et lui sourit.

— Oh, Phoebe, je suis contente de te voir. Merci encore d'être allée voir le terrain avec Patrick. Je suis très touchée que tu aies passé la journée à travailler avec lui.

— Je t'en prie, cela m'a fait plaisir, dit Phoebe.

Phoebe était habituée à faire bonne figure devant Rose. Elle ne voulait surtout pas que sa chef s'imagine qu'il se passait quelque chose entre elle et le frère de RJ. Surtout après les histoires récentes avec Julie, la jeune femme qui avait travaillé quelque temps au service traiteur et qui sortait maintenant avec le frère d'un client.

— Je voulais te demander un autre service. J'ai une montagne de choses à voir avec Donovan pour la maison, et il m'a demandé si je pouvais me libérer quelques heures aujourd'hui. Marge doit passer tout à l'heure pour discuter des derniers détails ; cela t'ennuierait de la recevoir ?

— Non, bien sûr, aucun problème.

— Super ! (Rose lui tendit le classeur contenant toutes les informations pour le mariage de Marge.) Oh, et… Phoebe ?

— Oui ?

— Les glaïeuls sont magnifiques, mais n'essaie pas de changer les bouquets, l'avertit-elle avant de s'éloigner.

Phoebe ne put s'empêcher de sourire. Malgré toutes ses préoccupations, Rose semblait avoir des yeux derrière la tête. Exactement comme sa mère.

Elle se demanda alors ce que faisait Angela, seule dans son appartement toute la journée sans personne pour la divertir. Elle n'eut pas le temps de s'attarder sur cette pensée car Marge Banning venait d'entrer dans la propriété, au volant d'une Lexus hybride. Elle paraissait aussi excitée que lors de son premier mariage au Chalet.

— Ravie de vous revoir, Phoebe, dit-elle en lui adressant un sourire chaleureux.

— Moi aussi, Marge. Rose a dû s'absenter, nous ne serons donc que toutes les deux. (Elle regarda derrière Marge.) À moins que l'heureux élu ne vous accompagne ?

— Non, vous savez que je n'aime pas quand ils se mêlent des préparatifs, répondit Marge avec un geste de la main. Ils ne feraient que donner leur avis sur tout, mais c'est à la femme de faire les choses comme elle l'entend, vous ne croyez pas ?

Heureusement pour elle, Marge n'attendait pas de réponse à sa question.

— Et si nous allions voir les décors ?

— Oui, avec plaisir, dit Marge. (Entendant un bruit de marteau qui venait de l'intérieur, elle joignit les mains avec un air joyeux.) Tara est en train de prendre forme ?

Phoebe hocha la tête.

— Tout sera largement prêt à temps pour votre mariage, je vous le promets.

— Je n'en doute pas, dit Marge. J'ai déjà vu le résultat final, mais je n'ai pas eu la chance d'assister à la construction de Tara.

Phoebe emmena Marge dans la grande salle du Chalet, tout en parlant avec elle du déroulement de la cérémonie. RJ était en train de fixer des planches sur le décor et Tyce déplaçait sa sono, s'arrêtant de temps en temps pour prendre quelques notes.

Phoebe sentit soudain son cœur s'emballer en voyant entrer Patrick, un tas de bois de construction sur l'épaule.

Elle comprenait mieux à présent pourquoi RJ avait aussi bien avancé. Patrick avait retiré sa chemise pour travailler, et Phoebe ne put s'empêcher de regarder les muscles bien dessinés de son torse.

— J'ai une amie qui travaille au marché aux fleurs, et elle m'a dit que les roses seraient en pleine floraison pour votre mariage, dit-elle à Marge d'une voix inhabituellement forte.

— Quelle bonne nouvelle ! répondit Marge, apparemment ravie.

Malgré les avertissements de Rose, Phoebe ne put s'empêcher de lui demander :

— Vous êtes sûre que vous ne voulez pas que je crée de nouveaux bouquets ? Il y a tellement de fleurs ravissantes à cette période de l'année.

— J'en suis sûre, répondit Marge, mais ce que vous avez fait pour mon précédent mariage était parfait. (Elle parut se rendre compte que Phoebe était déçue.) Et vous verrez, la troisième fois sera la bonne ! Mais je pourrais presque songer à recommencer une quatrième fois avec un homme comme ça, ajouta-t-elle en tournant les yeux vers Patrick qui travaillait torse nu.

Phoebe suivit son regard. Comment pouvait-il être aussi bien bâti ? Un architecte n'était-il pas censé rester assis derrière un bureau toute la journée à dessiner des plans ?

— Bonjour Phoebe, bonjour madame Banning, lança Tyce en passant devant elles pour installer la sono de l'autre côté du mur.

Phoebe détacha les yeux à contrecœur de Patrick et se tourna vers Tyce. Le responsable de la musique au Rose Chalet était indéniablement bel homme, mais Phoebe ne s'était jamais sentie troublée en sa présence.

— Oh, Tyce, dit Marge. Cela fait suffisamment longtemps que nous nous connaissons maintenant, appelez-moi Marge.

Il haussa les sourcils et lui adressa son regard de séducteur.

— Dans ce cas, c'est une joie de vous revoir, Marge.

— Mmm, dit doucement Marge en le regardant sortir de la pièce. Je me demande comment vous arrivez à travailler efficacement ici avec tous ces hommes superbes. Et je suis d'autant plus étonnée que personne ne vous ait encore mis la bague au doigt.

— Moi, mariée ? s'étouffa Phoebe. Je n'ai même pas de petit ami.

— Vous devez avoir la force d'une sainte pour résister. (Marge lui adressa un sourire qui en disait long sur la manière dont elle avait séduit ses trois maris. Enfin, presque trois.) Ou alors vous n'avez tout simplement pas remarqué la façon dont vous dévisage celui qui n'a pas de chemise.

Phoebe jeta un bref coup d'œil dans la direction de Patrick, mais il ne la regardait plus. Le monde entier conspirait-il pour les rapprocher ?

Et c'était tout de même un comble que Marge Banning lui donne des conseils sur l'amour et le mariage !

— Marge, est-ce que je peux vous demander quelque chose ?

Elle hocha la tête. Phoebe prit alors une profonde inspiration pour se donner le courage de lâcher la question qui lui brûlait les lèvres depuis le deuxième mariage de Marge. Elle avait besoin de savoir, même si elle savait que Rose serait furieuse d'apprendre qu'elle avait osé demander cela à Marge.

— Pourquoi est-ce que vous faites cela ?

— De quoi parlez-vous ? demanda Marge avec un air interrogateur.

— De vos mariages. Vous recommencez à chaque fois de la même façon, alors que cela n'a pas marché les deux premières.

Contre toute attente, Marge lui sourit.

— Je fais les choses de la même façon parce que les détails n'ont pas vraiment d'importance, et qu'ils me convenaient parfaitement les fois précédentes. Tout ce qu'il faut finalement, c'est un homme, une femme, et ce sentiment.

— Quel sentiment ?

Marge posa sa main sur celle de Phoebe.

— Faites-moi confiance, vous saurez de quoi je parle quand cela vous arrivera.

En temps normal, elle se serait moquée de ce genre de niaiseries romantiques. Mais elle ne pouvait exprimer son avis devant une cliente.

Et surtout, il y avait une autre raison qui l'empêchait de dire quelque chose… Une raison qui n'était pas sans lien avec ce qu'elle ressentait à chaque fois qu'elle posait les yeux sur Patrick.

Marge parlait-elle d'une sensation de papillons dans le ventre, comme celle qu'elle avait à l'idée d'être dans les bras de Patrick ?

Et si c'était le cas, cela signifiait-il qu'elle avait elle aussi été touchée par ce « sentiment » dont parlait Marge ?

CHAPITRE 7

Patrick souleva une planche et la plaça sur le côté de la structure élaborée qui prenait forme dans la grande salle du Rose Chalet. Pendant qu'il la tenait, son frère la fixait avec son marteau. Patrick s'efforça de se concentrer sur son travail au lieu de regarder Phoebe, mais c'était loin d'être facile. Elle était ravissante ce jour-là. Tout simplement ravissante.

Comme toujours.

Patrick n'avait aucune envie de dissimuler ses sentiments pour elle, mais si une simple plaisanterie avait suffi à la faire fuir, elle risquait de mal réagir en se rendant compte qu'il la dévisageait ouvertement. Mieux valait faire semblant d'être absorbé par son travail avec RJ, même si, en réalité, il s'était spontanément proposé d'aider son frère dans l'unique but de revoir Phoebe.

Elle ne répondait pas à ses appels, alors, quelle autre option lui restait-il ?

— Si tu ne veux pas que ton pouce fasse partie du nouveau décor du Chalet, tu ferais mieux de le bouger, avertit RJ. (Il souffla avec exaspération.) Patrick, tu m'écoutes ?

Patrick parvint à se concentrer assez longtemps pour que son frère puisse accrocher les planches suivantes. En tant qu'architecte, il avait rarement l'occasion d'être sur le terrain, et cela lui manquait. Il avait beau aimer son travail, il n'y avait rien de tel que de construire quelque chose de ses propres mains, à la sueur de son front. C'était la raison pour laquelle il était aussi actif. Chaque fois qu'il en avait l'occasion, il partait faire des randonnées, de la natation ou de la voile.

— Merci pour ton aide, je vais me débrouiller pour la fin, dit RJ. Si tu veux, tu peux aller prendre une douche là-bas.

Patrick suivit les indications de RJ pour accéder au fond du bâtiment. Il resta longtemps sous la douche, ne pouvant pas s'empêcher d'imaginer que Phoebe était avec lui. Il termina par un jet d'eau froide pour reprendre ses esprits, puis sortit et se rhabilla.

Il savait qu'il aurait pu passer la nuit avec elle s'il l'avait voulu. Mais il ne pouvait pas se contenter d'une aventure brève et intense. Il n'avait pas seulement envie de mieux connaître son corps.

Il voulait aussi découvrir les secrets de son cœur.

Patrick retourna vers la grande salle du Rose Chalet, espérant que la cliente serait partie pour avoir l'occasion de parler avec Phoebe. La future mariée n'était plus dans la pièce, mais la femme qui occupait sans cesse ses pensées était en pleine conversation avec le responsable de la musique.

—Vas-tu danser au mariage de Marge, comme la

dernière fois ? lui demanda Tyce.

— Cela dépend, répondit Phoebe sur un ton charmeur. Tu as prévu de te joindre à moi ?

— C'est une invitation ?

Elle se mit à rire.

— Tyce, j'ai remarqué que ta sono était de plus en plus volumineuse. C'est vraiment utile, ou c'est pour compenser autre chose ?

— Accepte de danser avec moi et tu le sauras.

— Je ne pourrai donc jamais connaître la réponse, soupira-t-elle avant de quitter la pièce pour aller dans le jardin.

RJ s'empara d'une perceuse en souriant et se tourna vers son frère.

— Tu vois ce que je voulais dire ? Nous sommes comme une grande famille heureuse.

Ah bon ? Ce n'était pourtant pas le genre de badinage familial auquel était habitué Patrick. Ce qu'il venait d'entendre ressemblait plus à de la drague directe.

Patrick sentit une bouffée de jalousie et eut soudain très chaud. Phoebe méritait mieux que de flirter avec un de ses collègues. Elle méritait un homme capable de la subjuguer. Elle méritait du romantisme.

Du vrai romantisme.

Une histoire qui durerait pour toujours, et non une succession d'aventures d'un soir.

— Au fait, dit RJ, si tu retournes sur le terrain de Rose, pourrais-tu passer prendre quelques outils à la jardinerie pour le projet de bénévolat demain ?

Avec une trentaine d'autres personnes, RJ et Patrick s'étaient portés volontaires pour passer l'après-midi à entretenir des zones du Golden Gate Park envahies par les mauvaises herbes. Quand ils étaient petits, ils participaient souvent à ce genre d'activités en famille.

Patrick eut soudain une idée qui pourrait s'avérer beaucoup plus amusante qu'un dîner au restaurant, pendant lequel il risquait encore de dire quelque chose qu'il ne fallait pas. C'était le moment ou jamais. Il sortit dans le jardin et marcha en direction de Phoebe, qui était en train de couper des roses.

— Bonjour Phoebe.

Les joues de la jeune femme se colorèrent quand elle leva les yeux vers lui. S'habituerait-il un jour à sa beauté ?

— Bonjour Patrick. (Elle se mordit la lèvre.) Je suis désolée d'être partie un peu précipitamment hier soir. Mais, heureusement, ma mère n'a pas attendu car le gardien de mon immeuble l'a laissée entrer chez moi.

Patrick s'efforça de masquer sa surprise en comprenant que Phoebe avait dit la vérité. Malgré tout, elle ne lui avait semblé que trop heureuse de quitter le restaurant.

— Elle va bien ?

— J'espère. Elle vient de se séparer de son compagnon… (Elle s'interrompit, se passa la main dans les cheveux et s'efforça de sourire.) J'ai commencé à noter quelques idées pour l'aménagement du jardin de Rose. J'essaierai de vous les remettre dans deux ou trois jours, si cela vous convient ?

— C'est très bien, merci, répondit-il. (Mais il n'était pas venu la voir pour parler de travail.) RJ fait partie d'un groupe de jardiniers bénévoles, qui se retrouve demain pour travailler dans une partie du Golden Gate Park. Je voulais vous proposer de venir nous aider, si vous en avez envie.

Une lueur de méfiance apparut dans le regard de Phoebe.

— Cela voudrait dire qu'il y aurait vous et moi…

— Et environ trente personnes, s'empressa-t-il d'ajouter. C'est un beau projet, et vous pourriez vraiment nous être utile. Cela ne ferait pas de mal à l'équipe d'avoir quelqu'un qui s'y connaît bien en jardinage.

Phoebe hésita, et Patrick dut se retenir d'insister. Cela ne ferait que l'inciter à refuser.

Remarquant un glaïeul isolé sur l'herbe à leurs pieds, il se baissa pour le cueillir et le lui tendit spontanément.

— J'espère vous voir là-bas.

CHAPITRE 8

Debout devant le miroir de sa chambre, Phoebe essayait de trouver la tenue adéquate pour l'après-midi de jardinage. Elle avait envie d'être jolie, mais elle ne pouvait pas porter le genre de vêtements qu'elle mettait habituellement au Rose Chalet. Travailler sur quelques plates-bandes bien entretenues et se tailler un chemin à travers des buissons envahis par les mauvaises herbes pour nettoyer une zone laissée à l'abandon n'étaient pas tout à fait la même chose.

Elle savait qu'elle ne devrait pas accorder autant d'importance à son apparence, puisque Patrick semblait avoir compris qu'elle ne voulait pas d'une relation avec lui. Pour séduire une femme, il y avait mieux comme technique que de lui proposer une journée de travail harassant. Il était difficile de faire moins romantique. Peut-être Patrick voulait-il ainsi lui montrer qu'il était capable de travailler avec elle sans qu'il y ait d'ambigüité entre eux. Peut-être désirait-il vraiment être ami avec elle, comme son frère.

Refoulant la déception qu'elle éprouvait à l'idée d'être seulement « amie » avec Patrick, elle décida de voir le bon côté des choses : cela simplifiait le choix de ses vêtements. Elle enfila un jean et un sweat-shirt sombre, sur lesquels les traces de terre ne seraient pas trop visibles, puis des bottes, et jeta un coup d'œil à sa montre. Elle devait se dépêcher si elle voulait arriver au parc à l'heure. Elle prit ses affaires et ses clés et s'apprêta à partir, mais elle s'arrêta en entendant une voix familière :

— Où vas-tu ? demanda sa mère. Je suis venue te rendre visite et je t'ai à peine vue pour l'instant.

— Un… (Phoebe hésita, cherchant le bon mot pour décrire ce que Patrick était pour elle.) Un collègue de travail m'a demandé de l'aider sur un projet de jardinage bénévole.

— Du jardinage ? Quelle bonne idée !

Pendant quelques instants, l'espoir illumina le visage de sa mère. Phoebe fut si contente de voir disparaître l'expression perdue et mélancolique qui ne l'avait pratiquement pas quittée depuis son arrivée à San Francisco, qu'elle s'entendit soudain dire :

— Tu veux venir avec moi, maman ?

— Cela ne t'ennuie pas ?

— Pas du tout. Ce n'est pas sain pour toi de rester assise toute la journée dans mon appartement. Tu devrais sortir et faire des choses. T'amuser.

— Je ne sais pas…, commença sa mère.

Mais sans lui laisser le temps de trouver une excuse, Phoebe la prit par la main.

— Cela va te plaire. Je te promets.

Phoebe en était convaincue, car sa mère aimait

jardiner presque autant qu'elle. Elle veillerait simplement à ce qu'on ne lui confie pas des tâches trop fatigantes.

— Tu as sans doute raison, et cela me fera du bien de passer du temps avec toi, reconnut sa mère. (Elle regarda autour d'elle.) Et de quitter cet appartement. Mais ma chérie, tu ne voudrais pas plutôt aller visiter des agences immobilières ou…

— Viens, maman.

Sur ces mots, elles sortirent et se dirigèrent vers le garage.

Phoebe avait déjà mis quelques outils de base dans le coffre de sa voiture, il ne leur restait donc plus qu'à rouler vers le Golden Gate Park. Sa mère ne parla pas beaucoup pendant le trajet, mais Phoebe songea que ce n'était pas plus mal. Au moins, elle avait arrêté de se plaindre de tous les hommes qui l'avaient laissée tomber.

Ne voulant pas que sa mère soit trop surprise en voyant le travail qui les attendait, Phoebe lui expliqua en quoi consistait leur mission :

— En fait, nous allons passer l'après-midi à aider un groupe de jardinage local à désherber une partie du Golden Gate Park.

— Nous allons arracher les mauvaises herbes ? soupira sa mère. Bon, très bien.

— Je me souviens que quand j'étais petite, tu me faisais faire le tour du jardin pour m'apprendre à distinguer les plantes et les mauvaises herbes, dit Phoebe. J'avais mon propre arrosoir, mais tu ne me laissais t'aider aves les plantations que si je te promettais de faire très attention.

— L'arrosoir était presque aussi grand que toi, mais tu ne t'en séparais jamais. (Sa mère paraissait perdue dans ses souvenirs.) Une fois, j'ai dû t'empêcher d'arroser le chat. Tu voulais voir si cela le ferait grandir.

Phoebe regarda le reflet de sa mère dans le pare-brise et se réjouit en voyant un sourire flotter sur ses lèvres.

Elle gara la voiture puis ouvrit le coffre pour sortir le matériel. Elle avait apporté des gants de jardinage, des déplantoirs et quelques autres outils dont elle se servait pour entretenir les fleurs du Rose Chalet. Par chance, elle avait une deuxième paire de gants pour sa mère, mais, à sa grande surprise, celle-ci les refusa.

— Puisque je vais m'en mettre partout, autant bien faire les choses et avoir de la terre jusque sous les ongles, dit sa mère.

Les volontaires étaient répartis en petits groupes. Certains étaient en train de désherber des plates-bandes, d'élaguer des arbres ou de tailler des buissons sauvages, tandis que d'autres érigeaient des murs de soutènement pour prévenir l'érosion des parties surélevées. Tout le monde semblait travailler de manière organisée, mais il n'était pas évident de savoir qui était en charge. Une petite tente avait été installée sur le côté pour que les bénévoles puissent se détendre une fois que le travail serait terminé, mais elle était vide.

Phoebe finit par apercevoir Patrick en scrutant les jardins une deuxième fois. Il faisait partie d'un des groupes chargés de la construction d'un mur de soutènement bas. Phoebe songea qu'il était logique qu'il ne s'occupe pas des plantes.

Elle se dirigea vers lui, sa mère sur ses talons.

— Bonjour, Patrick. Je vous présente ma mère, Angela.

— Ravi de vous rencontrer, dit Patrick.

— Enchantée, Patrick.

Sa mère regarda alternativement Phoebe et Patrick, puis haussa les sourcils. Phoebe espéra que Patrick n'avait rien remarqué.

— Que pouvons-nous faire ? demanda-t-elle.

Les muscles de Patrick étaient visibles sous sa chemise, et Phoebe se demanda s'il valait mieux qu'elle travaille à côté de lui, ou bien le plus loin possible.

Il la regarda avec un sourire. Ce sourire magnifique qui la faisait fondre à chaque fois.

— Je vais voir avec RJ, il va me dire qui a le plus besoin d'aide. Je reviens dans une minute.

Phoebe le regarda s'éloigner, et sa mère en fit de même.

Elle lui adressa un regard plein de sous-entendus.

— Je commence à comprendre pourquoi tu tenais tant à venir ici.

Phoebe fronça les sourcils.

— Je ne vois pas de quoi tu parles. Je suis seulement ici pour apporter mon aide.

— Oh, voyons ma chérie ! Je suis ta mère. Je te connais mieux que personne. Il te plaît, cela crève les yeux. Et je ne te blâme, ajouta Angela avec un petit sourire appréciateur. Il est charmant.

Phoebe envisagea un instant de protester, mais elle comprit que c'était inutile. Tout le monde semblait penser qu'elle était intéressée par Patrick, alors pourquoi sa mère croirait-elle le contraire ?

CHAPITRE 9

— Phoebe vient d'arriver, annonça Patrick à son frère. Elle a emmené sa mère, Angela. Où veux-tu qu'elles aillent ?

— Dans le jardin de fleurs, répondit RJ. Si quelqu'un peut réussir à y mettre un peu d'ordre, c'est bien Phoebe. À moins qu'on ait besoin d'elle ailleurs ?

— Non, cela me paraît logique. Quelqu'un s'est déjà chargé de déterrer la vieille souche de palmier près des fleurs ?

RJ le regarda avec surprise.

— Tu veux le faire ? C'est éreintant, tu sais.

Patrick haussa les épaules.

— Tu as la situation en main ici, alors autant que je m'en occupe.

— Si tu te proposes, d'accord, répondit RJ, même s'il le prenait visiblement pour un fou. Cela m'aidera beaucoup, merci.

Patrick songea que c'était à lui de remercier son frère. Il avait désormais une excuse idéale pour passer l'après-midi à quelques pas de Phoebe.

Il revint vers Angela et sa fille et leur expliqua ce que

RJ voulait. Malgré la charge de travail qui l'attendait, Phoebe semblait impatiente de se mettre à l'œuvre. Sa mère paraissait moins enthousiaste, et cela ne s'arrangea pas lorsqu'ils arrivèrent dans le jardin, aussi mal entretenu que RJ l'avait laissé entendre.

— C'est une vraie jungle, fit remarquer Phoebe.

— Oui, approuva Angela, ne s'attendant visiblement pas à cela. Et moi qui pensais que je passerais l'après-midi à me promener avec un arrosoir.

Phoebe redressa les épaules et regarda le jardin en piètre état avec un air résolu.

— Au moins, nous allons vraiment pouvoir nous rendre utiles. (Elle sourit à Patrick.) Merci de nous avoir montré ce que nous devions faire. Je vous laisse retourner à vos murs.

— Vous n'allez pas vous débarrasser de moi aussi facilement, j'en ai peur, dit Patrick en montrant du menton la vieille souche d'arbre au milieu du jardin, que les années avaient rendue noueuse et sombre et qui paraissait aussi solide que de la roche. C'est ma mission pour cet après-midi.

— Oh, mon Dieu ! dit Angela. Les racines doivent être aussi dures que du fer.

Patrick détacha ses yeux de Phoebe à contrecœur pour répondre à sa mère.

— Quand la tâche est ardue, la récompense n'en est que plus gratifiante.

— C'est possible, mais parfois les efforts restent vains, fit remarquer Phoebe. (Elle s'interrompit et jeta un coup d'œil à sa mère.) Nous devrions laisser Patrick se mettre au travail, maman. Il a beaucoup à faire, et nous aussi.

Elle avait raison. Il allait devoir creuser autour de la souche pour trouver les racines, les enlever avec une hache, puis découper le reste de la souche pour pouvoir la transporter. Il aurait sans doute besoin de l'aide de RJ à la fin. Plus vite il s'y mettrait, plus vite il aurait terminé, songea-t-il en allant chercher une pelle.

En revenant avec ses outils, il constata que Phoebe et sa mère avaient déjà commencé à remettre un semblant d'ordre dans le jardin. Phoebe avançait méthodiquement le long des plates-bandes, séparant les mauvaises herbes des plantes qui pouvaient être sauvées. Patrick admira la détermination farouche avec laquelle elle travaillait.

Il s'attela à la besogne à son tour et commença par creuser autour des racines. C'était tout aussi fatiguant que RJ et la mère de Phoebe l'avaient prédit, et il se retrouva rapidement à transpirer à grosses gouttes. Mais il ne regrettait pas de s'être proposé pour le faire car il pouvait ainsi non seulement regarder Phoebe travailler avec sa mère, mais aussi les entendre parler.

— J'avais oublié à quel point c'était difficile, dit la mère de Phoebe. Tu es vraiment sûre que cela nous amusait à l'époque ?

— Oh que oui ! répondit-elle en souriant. Nous adorions.

La mère de Phoebe s'empara d'une plante que sa fille avait placée sur le tas de compost et la remit sur le sol.

— Ce ne sont pas des mauvaises herbes, chérie. Ces gardénias sont encore très beaux.

— Je sais, mais ils sont en train de mourir, dit Phoebe en les ramassant. Autant les retirer maintenant et faire de la place pour une autre plante qui va vraiment fleurir.

Le visage de sa mère se décomposa.

— Peut-être qu'au lieu de les mettre à la poubelle, il faudrait simplement leur accorder un peu d'attention. (La mère de Phoebe prit le déplantoir que sa fille avait à la main.) Tu le tiens mal, je vais te montrer comment faire.

Phoebe se pinça les lèvres. Patrick songea qu'elle devait se faire violence pour ne pas s'énerver. Cela lui arrivait aussi parfois avec les clients difficiles.

— Tu sais, maman, c'est mon métier, dit Phoebe si doucement que Patrick dut lire sur ses lèvres pour comprendre.

— Cela ne veut rien dire, ma chérie. Et puis peut-être que si tu passais un peu moins de temps à travailler et un peu plus à rencontrer des jeunes hommes convenables, tu ne ferais pas du jardinage pendant tes jours de congé.

Patrick serra les dents à l'idée que Phoebe rencontre des « jeunes hommes convenables ». Elle en avait déjà rencontré un !

— Je te le répète, maman, dit Phoebe d'une voix étonnamment détendue, j'aime ma vie.

Patrick admira son sang-froid. Angela n'avait

sûrement pas l'intention d'être désagréable, mais cela ne devait pas simplifier les choses pour Phoebe. Si elle devait entendre régulièrement ce genre de remarques, il n'était pas étonnant qu'elle laisse peu de personnes accéder à son jardin secret.

En les observant toutes les deux, Patrick fut capable de deviner beaucoup sur l'enfance de Phoebe. Il n'avait pas dû être évident de vivre avec une mère qui était souvent déçue et brisée par les hommes dans sa vie. Cela ne fit que le conforter dans l'idée que, plus que toute autre, Phoebe méritait de connaître une vraie histoire d'amour.

Il ne savait pas encore comment il allait s'y prendre car les murailles que Phoebe avait érigées autour d'elle semblaient aussi solides que la souche d'arbre qu'il s'évertuait à déterrer. Mais il avait toujours aimé les défis, et il était déterminé à toucher son cœur.

Un peu plus tard, quand Patrick leva les yeux de son travail harassant, il fut stupéfait de voir la transformation que le jardin avait subie entre les mains de Phoebe. Il avait du mal à croire que c'était la même jungle dans laquelle ils étaient arrivés.

Il songea à appeler son frère pour qu'il l'aide à déplacer les restes de la souche, mais une meilleure idée lui vint.

— Phoebe, Angela, pourriez-vous me donner un coup de main ?

— Bien sûr, dit Phoebe en se dirigeant vers lui avec sa mère. Que voulez-vous ?

Patrick voulait beaucoup de choses, et était tenté de lui répondre « vous ». Mais il se retint.

— Il faudrait transporter ces morceaux de souche dans la brouette.

Phoebe hocha la tête sans hésiter. La plupart des femmes que Patrick connaissait auraient rechigné à la perspective d'un travail manuel difficile. Elles n'auraient pas tenu une heure, mais Phoebe était différente. Elle se plaça d'un côté de la souche et Patrick se mit de l'autre. Même Angela accepta rapidement de l'aider, et il comprit soudain d'où Phoebe tenait sa force. Sa mère n'avait peut-être pas un caractère facile, mais c'était une battante.

À eux trois, ils réussirent à déplacer les restes de la souche. Tandis qu'il s'éloignait en poussant la brouette, Patrick se retourna pour jeter un coup d'œil à Phoebe ; elle était en train de sourire à sa mère. Pendant l'après-midi, il avait déjà pu constater à quel point elle tenait à elle.

Angela avait de la chance d'être aimée ainsi par Phoebe.

CHAPITRE 10

À la fin de la journée, Phoebe était dans un tel état d'épuisement qu'elle tenait à peine debout. Mais, en regardant autour d'elle et en voyant le travail qu'elle avait accompli avec sa mère dans le jardin, elle ne regretta pas un instant d'être venue.

— Alors, demanda Patrick en revenant vers elles après s'être débarrassé des restes de la souche, vous avez passé un bon après-midi ?

Phoebe prit conscience avec surprise que c'était le cas. Elle avait aimé se rendre utile, malgré les efforts que cela leur avait demandés. Ou peut-être était-ce justement ce qui lui avait tant plu.

— Oui, répondit-elle avec un petit sourire, se sentant brusquement intimidée devant Patrick.

— Et vous, Angela ?

— Tant qu'on ne me demande pas de recommencer demain, répondit-elle.

Mais elle souriait également.

Cela ne lui était pas arrivé souvent depuis son arrivée chez Phoebe. L'après-midi en plein air lui avait apparemment fait du bien, et la présence de Patrick n'était sans doute pas étrangère à sa bonne humeur.

Phoebe ne pensait pas qu'il réussirait à convaincre sa mère de d'aider à porter la souche. Il lui avait demandé gentiment, sans insister. Heureusement, car sa mère avait encore les nerfs à fleur de peau.

— RJ m'a dit qu'un pot était organisé dans la tente pour les volontaires. Cela nous ferait plaisir que vous vous joigniez à nous. Vous l'avez bien mérité après tout ce travail.

— Nous en serions ravies, n'est-ce pas Phoebe ? affirma Angela, sans laisser le temps à sa fille de trouver une excuse pour partir.

Consciente qu'il lui serait difficile de faire changer d'avis sa mère, Phoebe partit ranger son matériel de jardinage dans la voiture. Patrick la suivit vers le parking où était aussi garé le camion de son frère, avec sa hache et sa pelle.

— Cela ne vous ennuie pas que votre mère reste pour le pot ? demanda-t-il à Phoebe.

— Non, ne vous inquiétez pas, répondit-elle.

Mais en réalité, sa mère n'avait jamais tenu l'alcool, même si elle était persuadée du contraire.

Une fois débarrassée de ses outils, Phoebe traversa la pelouse à grands pas pour aller retrouver sa mère, se retenant de courir. Elle avait bien fait de mettre des chaussures de marche. Dans la tente, les volontaires bavardaient gaiement. Il y avait du poulet grillé au barbecue et des boissons rangées dans des grandes glacières.

RJ vint à sa rencontre.

— Merci d'être venue. Grâce à toi, le jardin est vraiment méconnaissable.

— Je n'étais pas toute seule, répondit Phoebe en cherchant sa mère des yeux.

— C'est vrai. Ta mère a l'air super.

Phoebe s'efforça de sourire.

— Oui, merci. Sais-tu où elle est ?

RJ regarda autour de lui.

— Elle était là il y a une minute. Tout va bien ?

Elle hocha la tête, pouvant difficilement lui expliquer la raison de son inquiétude.

— Oui, oui.

— Tu devrais te détendre un peu et grignoter quelque chose, dit-il.

Un instant plus tard, elle se retrouva avec un sandwich au poulet dans les mains, à discuter avec un couple qui était en train de réaménager son jardin et avait entendu dire qu'elle était experte en botanique.

— Quel type de fleurs recommanderiez-vous pour tenir les chevreuils à distance ? demanda la femme. Nous n'arrêtons pas de planter des nouvelles variétés que l'on nous recommande, mais souvent sans grand succès.

— À vrai dire, le meilleur conseil que je peux vous donner est de jeter un coup d'œil aux jardins de vos voisins. Neuf fois sur dix, tout dépend essentiellement du sol et de l'emplacement du terrain.

Quelques minutes plus tard, elle aperçut Patrick qui lui faisait signe à l'entrée de la tente.

— Excusez-moi, dit-elle. Je crois qu'on a besoin de moi.

Elle s'empressa de rejoindre Patrick, qui paraissait inquiet.

— Qu'est-ce qui se passe ?

— J'ai retrouvé votre mère.

— Ça ne va pas ?

Patrick ne répondit pas immédiatement.

— Je crois que vous devriez venir voir.

Elle le suivit dehors, de l'autre côté de la tente. La mère de Phoebe était assise dans l'herbe, une bouteille de champagne presque vide à la main. Elle leva les yeux en les entendant s'approcher.

— Vous voilà. Je pensais que vous m'aviez abandonnée, Patrick.

— J'étais parti chercher Phoebe.

— Je ne vous en aurais pas voulu si vous m'aviez laissée tomber, poursuivit-elle. Les hommes m'abandonnent toujours. Il doit y avoir quelque chose qui cloche chez moi.

— Non, ne dites pas cela, dit Patrick en se penchant vers elle.

Il lui retira doucement la bouteille des mains et la mit hors de sa portée.

Phoebe s'agenouilla près de sa mère, qui paraissait de plus en plus démoralisée.

— Quel genre d'exemple est-ce que je... je... (Elle s'interrompit quelques instants, comme si elle n'arrivait pas à trouver le mot qui convenait.) donne ?

Phoebe passa son bras sous celui de sa mère.

— Viens, on va te ramener à la maison.

— Je n'ai plus de maison. Pas depuis que ton père et moi sommes séparés.

Elle pleurait à présent.

— Venez, dit Patrick, laissez-moi faire.

Il souleva Angela sans difficulté et la porta jusqu'à la voiture de Phoebe. Après l'avoir installée sur la banquette arrière, il s'assit à l'avant.

— Qu'est-ce que vous faites ? demanda Phoebe.

— Vous allez avoir besoin d'aide pour la faire monter jusqu'à votre appartement.

Elle n'essaya même pas de protester. L'idée de porter sa mère dans le long escalier la fatiguait encore plus qu'elle ne l'était déjà.

— Merci, finit-elle par dire en démarrant la voiture.

Quand ils arrivèrent devant l'immeuble où habitait Phoebe, Patrick aida Angela à sortir de la voiture et la soutint pour marcher.

— Je fais n'importe quoi, murmura sa mère lorsqu'ils s'arrêtèrent devant la porte de l'appartement, pendant que Phoebe cherchait ses clés.

Angela ne se souviendrait sûrement pas de ce moment le lendemain matin. Phoebe lui murmura des paroles réconfortantes à l'oreille et essaya de la faire entrer. Voyant qu'elle avait du mal, Patrick la prit dans ses bras.

— Joli appartement, dit-il en faisant un signe de tête vers les fleurs et les plantes éparpillées un peu partout.

Où voulez-vous que j'installe votre mère ?

— Par ici.

Elle le guida vers sa chambre, en s'efforçant de ne pas penser à ce qu'il aurait pu se passer avec Patrick s'ils n'avaient été que tous les deux.

Patrick allongea sa mère sur le lit.

— Cela fait des années qu'un jeune homme fort ne m'a pas portée jusqu'à un lit, murmura Angela.

Phoebe fit la grimace. Sa mère semblait apparemment décidée à l'embarrasser jusqu'au bout.

Angela se blottit contre l'un des oreillers.

— Je t'aime, Cally.

— Je t'aime aussi, maman, dit Phoebe avant de retourner dans le salon avec Patrick.

Celui-ci admira de nouveau les fleurs.

— J'ai l'impression que vous aimez apporter du travail chez vous. (Il s'interrompit.) Cally ?

Phoebe avait espéré qu'il ne poserait pas de question. Mais elle aurait dû s'en douter, car rien ne lui échappait.

En particulier ce qu'elle voulait garder secret.

— C'est mon deuxième prénom.

— Phoebe Cally Davis ?

Phoebe s'avança vers le canapé et s'assit à côté de la pile de draps pliés. Elle allait de toute façon encore passer la nuit là.

— C'est le diminutif de Caladenia. C'est une variété d'orchidée.

Patrick s'assit tout près d'elle, et Phoebe se sentit troublée.

— Caladenia, répéta-t-il. (Elle adorait la manière dont il le disait.) C'est un très joli nom. Votre amour pour les fleurs vous vient de votre mère, n'est-ce pas ?

Phoebe hocha la tête et déglutit péniblement, la gorge nouée. Plus il était gentil, plus elle était gagnée par l'émotion.

— Elle adore les orchidées, et la Caladenia est sa préférée. Quand j'étais petite, elle essayait toujours d'en faire pousser. Selon elle, c'est la plus belle des orchidées. Et la plus précieuse.

C'était aussi ce qu'elle avait l'habitude de dire à Phoebe.

Tu es ma belle et précieuse petite fille, Cally.

— Elle me laissait l'aider, mais cela n'a jamais très bien marché.

— Et pourtant, vous avez la main verte. Je suppose que cette fleur est vraiment difficile à cultiver ?

— C'est presque impossible, car les racines sont trop fragiles. Elle nécessite plus d'entretien que n'importe quelle fleur.

Pourquoi Phoebe sentait-elle les larmes lui monter aux yeux ? Elle ne pleurait jamais. *Jamais.*

— Et le plus incroyable, c'est que, quel que soit le temps qu'on passe à s'en occuper, elle finit toujours par mourir au bout de deux ou trois ans.

— Elle doit être vraiment magnifique pour que les gens soient prêts à y consacrer tellement de travail, dit doucement Patrick. Un petit miracle.

Phoebe hocha la tête.

— En effet.

La seule fois où elles avaient réussi à en faire pousser une, sa mère avait dit la même chose. *C'est un miracle, ma puce. Juste sous nos yeux. Alors, profitons de chaque seconde de sa floraison.*

Oh, non. Elle allait vraiment se mettre à pleurer.

Mais il ne fallait. Pas tout de suite. Pas ce soir.

Et surtout pas devant Patrick.

— Il y a tellement d'autres belles fleurs, articula-t-elle avec difficulté. Pourquoi se donner tant de mal dans l'attente d'un miracle qui ne se produira sans doute jamais ?

— Parce que le jeu en vaut parfois la chandelle, répondit Patrick. (Il avait dit cela avec une douceur et une gentillesse telles que ces mots firent à Phoebe l'effet d'une caresse.) Même si les chances sont minces, c'est toujours tellement mieux que de ne jamais prendre de risque du tout.

Il resta silencieux pendant quelques secondes, et Phoebe crut qu'il allait se pencher vers elle pour l'embrasser. Il y avait sûrement pensé toute la journée.

Mais à son grand étonnement, Patrick se leva.

— Je suis content que nous ayons ramené votre mère saine et sauve. Et j'espère que vous avez passé une bonne journée. Bonne nuit, Phoebe.

Sur ces mots, il sortit. Phoebe garda les yeux rivés sur la porte qui venait de se refermer sur lui, essayant de mettre au clair les sentiments très contradictoires qu'elle éprouvait pour Patrick Knight.

CHAPITRE 11

Phoebe fut réveillée par la sonnerie de son portable. Quelle heure était-il ? Et que faisait-elle sur le canapé ?

Il lui fallut quelques secondes pour que la mémoire lui revienne. Elle se dépêcha de chercher son téléphone avant qu'il s'arrête de sonner, et finit par le retrouver sous les coussins du canapé, sans savoir comment il avait atterri là.

Le numéro qui s'affichait sur l'écran était celui de Lisa Harding, une fleuriste de San Francisco qu'elle croisait de temps en temps sur le marché aux fleurs. Elles prenaient régulièrement un café ensemble pour se raconter leurs vies et parler des derniers potins dans le milieu des fleurs. À plusieurs reprises, Lisa avait aidé Phoebe à se procurer des fleurs peu communes, car elle avait des amis qui aimaient cultiver des espèces rares dans leurs serres.

— Salut, Phoebe. Je viens de recevoir une commande pour un bouquet, et je voulais t'en parler.

Phoebe fronça légèrement les sourcils.

— Pourquoi ?

— L'adresse du destinataire est la tienne. (Lisa ne lui

laissa même pas le temps de se remettre de sa surprise.)
On m'a rarement commandé une aussi belle
composition.

Phoebe sentit son cœur palpiter, en proie à un
sentiment qui ressemblait un peu trop à de l'espoir. Elle
se dirigea vers la partie cuisine de son appartement,
coinça le téléphone sous son oreille et prépara du café
bien fort, pour se réveiller et se clarifier les idées. Elle se
sentirait plus forte pour affronter la matinée ensuite, et sa
mère en aurait certainement besoin aussi.

Elle avait dit à Patrick ce que signifiait pour elle
d'offrir des fleurs. Alors pourquoi avait-il fait cela ?

Phoebe prit une profonde inspiration et expira
doucement, avant de demander :

— Je peux passer dans ta boutique tout à l'heure ?

— Oui, bien sûr, mais tu ne veux pas que je te dise
de qui vient le bouquet ?

— J'ai mon idée.

Le silence se fit à l'autre bout de la ligne. Son amie
devait être surprise par sa réaction, et légitimement. La
plupart des gens adoraient recevoir des fleurs, et elle
devait se demander pourquoi ce n'était pas le cas de
Phoebe.

Si seulement le bouquet ne signifiait pas ce qu'elle
redoutait.

— Lisa, si cela ne t'ennuie pas, peux-tu attendre que
j'arrive avant de commencer ?

Phoebe était pourtant sûre que Patrick avait compris
le message et qu'il avait finalement accepté l'idée qu'ils

soient amis. La journée qu'ils avaient passée au Golden Gate Park n'avait absolument rien d'un rendez-vous galant. Et la veille, quand il était monté chez elle pour ramener sa mère, il avait eu la possibilité de l'embrasser. Aucun homme ne l'aurait laissée passer, et pourtant il était parti. Et voilà qu'il lui envoyait des fleurs ?

Phoebe se doucha rapidement et s'habilla, sans réveiller sa mère. Elle lui laissa un mot pour lui dire qu'elle était partie travailler, puis prit sa voiture pour aller chez son amie fleuriste. La boutique de Lisa était coincée entre un magasin de meubles et un petit commerce. C'était une pièce de petite taille, décorée avec goût de quelques bouquets de fleurs, à côté desquels se trouvaient plusieurs prix et récompenses. Les bouquets de Lisa n'étaient pas donnés, et cela inquiétait d'autant plus Phoebe que Patrick en ait commandé un pour elle.

Lisa sourit en voyant Phoebe entrer.

— Je suis contente que tu aies décidé de passer. Je me posais des questions sur le mot qui accompagne les fleurs.

Lisa fouilla quelques instants derrière son comptoir et tendit à Phoebe une carte qui disait :

« Ce n'est pas tous les jours que j'ai l'occasion de porter une femme jusqu'à chez elle. J'espère que vous vous sentez mieux. »

Une bouffée de soulagement mêlée de déception envahit Phoebe.

— Ces fleurs ne sont pas pour moi. Elles sont pour ma mère.

Elle se réjouissait que ces fleurs soient destinées à sa

mère et non à elle. C'était extrêmement gentil de la part de Patrick, et elle connaissait peu d'hommes aussi attentionnés. Et pourtant, pendant un moment, Phoebe avait presque eu le sentiment qu'en lui offrant des fleurs, Patrick allait réussir à franchir les murailles derrière lesquelles elle se protégeait.

— Lisa, est-ce que je peux préparer le bouquet moi-même ?

— Bien sûr. Voici la commande originale, et j'ai le modèle quelque part ici. Tu trouveras tout ce qu'il te faut dans l'arrière-boutique.

Celle-ci était bien plus grande que la boutique. Meublée d'un bureau dans un coin et d'une grande table au centre, elle était pleine de boîtes de fleurs empilées avec soin le long des murs. Il y avait des bobines de rubans, des morceaux de jonc et toute une série de décorations qui entraient dans la composition de certains arrangements.

Phoebe posa le modèle de bouquet sur la table et l'étudia. Cela faisait longtemps qu'elle n'avait pas travaillé à partir des dessins de quelqu'un d'autre, mais heureusement, Lisa prenait des notes extrêmement détaillées lors des commandes.

— Orchidées, lut Phoebe à voix haute en se dirigeant vers les boîtes.

Lisa avait dessiné un bouquet et fait des suggestions de couleurs. Il n'était pas étonnant que Patrick ait choisi des orchidées, puisqu'il savait que c'était les fleurs préférées de sa mère.

Phoebe disposa sur la table celles qu'elle avait choisies et partit chercher les autres éléments du bouquet au fur et à mesure que la composition prenait forme. Quand elle était petite, il y avait toujours au moins une orchidée en fleur dans la maison de sa mère. Angela était si belle à l'époque. Si heureuse. Mais elle n'avait pas tellement changé. Quand elle était heureuse, elle restait extrêmement belle.

En réalisant le bouquet commandé par Patrick, Phoebe se rendit compte qu'il était à couper le souffle. Pour un homme qui ne connaissait pas grand-chose aux fleurs, il avait étonnamment bien choisi les éléments. Tandis qu'elle les entrelaçait, elle repensa à la façon dont sa mère lui coiffait les cheveux en tresses élaborées quand elle était adolescente.

Lorsqu'elle eut terminé, elle recula d'un pas pour contempler le résultat. Le rouge, le jaune et le blanc des orchidées sautaient aux yeux. Pour une fois, elle songea que ce n'était pas grave si les fleurs se faneraient quelques jours plus tard. Le geste de Patrick ramènerait le sourire sur le visage de sa mère, provisoirement du moins, et c'était là l'essentiel.

Phoebe alla trouver Lisa pour lui montrer la composition. La fleuriste la regarda avec une expression admirative :

— C'est un beau bouquet, non ? Alors, il est pour ta mère ? Je suis curieuse de savoir ce qu'elle a fait pour mériter cela !

— Je crois que Patrick veut lui remonter le moral.

Elle ne va pas très bien. (Elle sourit à son amie.) Merci de m'avoir permis de faire le bouquet. Je te laisse te charger de la livraison.

Elle se sentait étrangement mieux à présent.

— Tu sais, Phoebe, dit Lisa d'une voix qui laissait penser qu'elle allait lui donner un conseil qui ne lui plairait pas, si j'étais toi, je ne laisserai pas filer un homme qui tient suffisamment à toi pour également se préoccuper de ta famille.

Les paroles de Lisa résonnèrent dans la tête de Phoebe pendant tout le trajet vers le Rose Chalet.

CHAPITRE 12

Lorsque Patrick arriva au Rose Chalet pour sa réunion avec Rose et Donovan, le lieu de réception lui parut étrangement calme. Il chercha des yeux la voiture de Phoebe, en vain. Était-elle restée chez elle pour s'occuper de sa mère ?

Il était cependant difficile de ne pas voir la Porsche de Donovan McIntyre. Le chirurgien plastique devait déjà être en train de regarder sa montre avec impatience, en pensant aux patients que l'architecte l'empêchait de voir.

Patrick s'empara du rouleau de plans posé sur le siège du passager puis se dirigea vers le Chalet. Son frère était dans la grande salle et installait un projecteur.

— Tu voudras un coup de main quand j'aurai terminé ma réunion ?

RJ secoua la tête, puis regarda en direction du bureau de Rose en fronçant les sourcils.

— Tu savais que Rose avait fait construire cet endroit pour offrir aux gens un lieu intime pour leur mariage ?

— C'est une femme très impressionnante, déclara Patrick, tout en se demandant si un sort s'était abattu sur les deux frères Knight pour qu'ils s'éprennent ainsi de femmes inaccessibles.

Il vit la mâchoire de RJ se crisper.

— Oui, en effet. (Il se retourna vers le projecteur.) Tu devrais aller à ta réunion.

Rose était assise sur le coin de son bureau, ses cheveux auburn attachés, tandis que Donovan était installé dans le fauteuil où elle se mettait habituellement. Il portait un costume impeccablement taillé qui coûtait sans doute une petite fortune.

Patrick devait reconnaître qu'ils formaient un couple très bien assorti, et il ne put s'empêcher de se demander s'il en serait de même pour Phoebe et lui. Le chirurgien bronzé interrompit le cours de ses pensées en se tournant vers lui avec un sourire figé.

— Mettons-nous au travail.

— Bonjour Patrick, dit Rose avec un sourire bien plus chaleureux que celui de son futur mari. Ce sont les plans ?

Patrick acquiesça et commença à les dérouler sur le bureau, en s'arrêtant à mi-chemin pour écarter un vase avec des fleurs. Phoebe avait-elle réalisé le bouquet ? Et si c'était le cas, à quoi avait-elle pensé en le composant ?

Il s'agissait d'une pluie de fleurs violettes sur un fond de roses blanches ; le résultat était ravissant. Patrick regretta de ne pas en savoir plus sur le langage des fleurs, ne serait-ce que pour pouvoir comprendre un peu mieux les émotions de Phoebe. Pour elle, il serait prêt à apprendre par cœur une encyclopédie sur les fleurs et le sens de chacune d'entre elles.

Donovan s'éclaircit la voix, et Patrick s'efforça de se concentrer pour leur présenter ses premiers dessins.

— L'entrée sera située ici et donnera sur le salon, qui communiquera avec la partie cuisine, à cet endroit. J'ai aménagé l'espace de façon à ne pas séparer les pièces les unes des autres.

Il s'interrompit pour laisser à ses clients le temps d'examiner les plans.

— Hum, dit Donovan d'un air songeur. Quatre chambres à coucher, cela me semble un peu trop.

— C'est assez normal pour une maison familiale.

Si Phoebe le laissait entrer dans sa vie, quelle sorte de maison auraient-ils ensemble ? Baissant les yeux vers les plans, Patrick se mit à les redessiner mentalement, ajustant les lignes et redistribuant l'espace. Il ajouta même un atrium, car c'était quelque chose qu'il avait toujours aimé. Il était si facile de s'imaginer la maison de leurs rêves.

Donovan le tira de nouveau de ses pensées.

— Rose et moi avons tous les deux des vies bien occupées. Si nous n'avons pas d'enfants, les chambres supplémentaires seront inutiles. (Il ne parut pas se rendre compte que le visage de Rose s'était décomposé à ces mots.) Je crois que nous devrions plutôt installer le bureau à l'étage et supprimer une des chambres. Cela nous permettra d'avoir un grand bureau qui fera aussi office de bibliothèque.

Patrick avait souvent été confronté à ce genre de

situations dans le passé, aussi répondit-il prudemment :

— Il serait tout à fait possible d'installer une bibliothèque à cet endroit, mais ce ne serait pas une pièce très cosy.

Donovan fronça les sourcils.

— Ce n'est pas ce que nous recherchons, n'est-ce pas, Rose ?

Rose mit quelques instants avec de répondre :

— C'est vrai qu'il serait agréable d'avoir une grande bibliothèque.

Le regard de Patrick passa de Donovan à Rose. Il était sur le point de suggérer un compromis quand la porte du bureau s'ouvrit, laissant apparaître RJ.

— Désolé de vous déranger, dit-il, mais il y a un problème avec les lumières, Rose.

— Cela ne peut pas attendre ? demanda Donovan sur un ton irrité.

— J'ai l'impression que le séquenceur ne fonctionne pas bien. Je ne peux pas faire le reste de l'installation tant que nous n'aurons pas décidé comment gérer la situation.

— Je suis désolée, dit Rose en se levant. Cela vous ennuie si nous reprenons dans quelques minutes, quand nous aurons réglé ce problème d'éclairage ?

Donovan se leva à son tour.

— Je n'avais qu'un petit créneau aujourd'hui pour la réunion. Je dois retourner à la clinique.

Il serra la main de Patrick, embrassa Rose sur la joue et fit un léger signe de tête en direction de RJ avant de s'éloigner.

Rose et RJ s'apprêtaient à sortir du bureau pour essayer de résoudre le problème « urgent » avec les lumières, qui fonctionnaient pourtant très bien quelques instants auparavant, quand Phoebe entra.

— Rose, est-ce que je…

Sa question mourut sur ses lèvres quand elle se rendit compte que Patrick était dans la pièce, et elle sentit ses joues s'empourprer. Patrick fut heureux d'avoir un moment pour la contempler.

— Je suis désolée, Phoebe, dit Rose. Peux-tu patienter quelques minutes pendant que RJ me montre ce qui ne va pas avec l'éclairage ?

Phoebe parut plus que nerveuse à l'idée de se retrouver seule avec Patrick dans le bureau de Rose. Il aurait aimé qu'elle se sente assez à l'aise en sa présence pour avoir envie de passer du temps avec lui, et pourtant il n'en menait pas large non plus.

Une femme ne rougissait pas ainsi sans raison en présence d'un homme.

— Comment va votre mère ?

— Elle est beaucoup plus forte qu'elle en a l'air, répondit Phoebe. Je suis sûre qu'elle est déjà sur pied, en train d'arroser mes plantes et de leur parler.

Avec un petit sourire, elle se pencha pour rajuster quelques fleurs dans le vase posé sur le bureau de Rose. Elle était si jolie, songea Patrick.

— Merci de m'avoir aidée à la ramener. Je ne crois pas que j'y serais arrivée toute seule. Et merci aussi pour la journée dans le parc. C'était vraiment sympathique.

Patrick ne put s'empêcher de sourire en songeant qu'il avait trouvé une femme qui estimait qu'il était sympathique de passer un après-midi avec de la bouse de vache jusqu'aux genoux.

— Qu'y a-t-il de plus plaisant que de se tuer à la tâche ?

— Dit l'homme qui s'est attaqué seul à une souche d'arbre, répliqua-t-elle.

— Je n'étais pas seul, rectifia Patrick. Vous m'avez aidé avec votre mère.

— À propos, les fleurs que vous avez envoyées sont magnifiques, dit doucement Phoebe. C'est exactement ce qu'elle aime.

— J'espère qu'elles lui ont plu.

Les joues de Phoebe rosirent de nouveau et il faillit l'attirer à lui pour l'embrasser, quand elle ajouta :

— Et pour vous remercier, cela me ferait très plaisir que… (Elle s'interrompit et écarquilla les yeux en se rendant compte de son lapsus.) Je veux dire, cela nous ferait très plaisir que vous veniez dîner chez moi ce soir.

— J'accepte avec joie.

— Super ! À sept heures, si cela vous convient ?

Il se retint de dire qu'il se réjouissait de passer la soirée avec elle, car il savait que cela gâcherait tout, et se contenta de répondre par un hochement de tête.

Phoebe ne s'attarda pas à bavarder avec lui comme il l'aurait souhaité, mais il était ravi qu'elle l'ait invité à dîner, même si sa mère serait là. D'une certaine manière, cela lui semblait plus intime qu'un repas en tête-à-tête au restaurant. Phoebe avait dû le faire avec bon nombre d'hommes, mais combien d'entre eux avait-elle invités chez elle pour dîner avec sa famille ?

Il lui faudrait réfléchir à la question. Quoi qu'il fasse, de toute façon, il ne parviendrait pas à se sortir Phoebe de la tête.

CHAPITRE 13

— Maman, si tu te sens d'attaque, peux-tu m'aider à préparer le dîner ? lança Phoebe de la cuisine.

En rentrant chez elle une heure plus tôt, Phoebe avait constaté que la porte de sa chambre était encore fermée, et elle s'était mise aux fourneaux pour laisser sa mère se reposer encore un peu. Elle avait opté pour des pâtes et des boulettes de viande accompagnées d'une sauce maison. Ce n'était pas très original, mais Phoebe était réaliste sur ses compétences culinaires. Elles ne s'étaient pas beaucoup améliorées au fil des ans, car elle ne cuisinait la plupart du temps que pour elle-même.

Sa mère ne lui répondit pas, et Phoebe supposa qu'elle faisait encore la sieste. À ce moment-là, la sauce pour les pâtes se mit à bouillonner vivement et à éclabousser. Phoebe baissa les yeux vers ses vêtements tachés. Mieux valait qu'elle se change rapidement avant d'aller voir sa mère, pour le cas où Patrick arriverait en avance.

Phoebe n'eut que quelques pas à faire pour accéder à ses penderies intercalées entre des pots de plantes. Elle choisit une robe noire parsemée de lys de couleurs vives, qu'elle avait depuis des années mais n'avait encore jamais trouvé l'occasion de porter. Mais elle hésita soudain, ne voulant pas que Patrick pense qu'elle s'était mise sur son trente et un pour lui. Peut-être avait-elle encore le temps d'enfiler une tenue plus décontractée avant qu'il…

La sonnette retentit, mettant un terme à son indécision. Elle se dirigea vers la porte à grands pas et jeta un coup d'œil aux fleurs de Patrick en passant. Elle les avait posées sur la plus grande table de l'appartement pour qu'il voie à quel point sa mère avait apprécié son geste. Angela n'avait cependant pas dû passer beaucoup de temps à les regarder, puisqu'elle était toujours dans son lit.

Patrick se tenait dans le couloir, aussi séduisant qu'à l'ordinaire. Il lui tendit un bulbe d'iris en pot. Dans le langage des fleurs, l'iris était le symbole de l'amitié, de l'espoir et de la confiance. S'il avait pris le temps de vérifier, et Phoebe était sûre que c'était le cas, à quel sentiment avait-il pensé ?

— Je me suis dit que ce n'était peut-être pas une bonne idée d'apporter du vin.

— Vous avez eu raison, dit Phoebe, heureuse de ne pas avoir à gérer le problème de sa mère. Entrez.

— Vous êtres très belle ce soir.

Le compliment lui fit immensément plaisir, et pourtant elle s'écarta de lui.

— Je vais juste aller vérifier que maman va bien. Pouvez-vous surveiller la sauce pour les pâtes pendant une minute ?

Sur ces mots, Phoebe se dirigea vers sa chambre et frappa.

— Patrick vient d'arriver pour dîner avec nous, annonça-t-elle.

Comme sa mère ne répondait pas, elle ouvrit la porte, soudain prise d'inquiétude. Si quelque chose était arrivé à sa mère pendant qu'elle était au travail, jamais elle ne se le pardonnerait.

La chambre était rangée. Trop bien rangée. Le lit était fait, et une feuille de papier était posée dessus. Phoebe s'assit et s'en empara, reconnaissant l'écriture élégante et arrondie de sa mère.

Cally,

Je suis désolée pour hier. Je suis consciente que j'ai dû t'embarrasser devant ton ami. Mais j'ai une bonne nouvelle à t'annoncer. David m'a appelée et nous avons discuté. Je crois qu'il y a encore une chance pour que la situation s'arrange. Quand tu liras ces mots, je serai sans doute déjà de retour à Sacramento. S'il te plaît, ne t'inquiète pas pour moi. Tout ira bien, je le sens. Salue Patrick pour moi si tu le revoies — et j'espère que ce sera le cas !

Avec tout mon amour,
Maman

Phoebe relut encore une fois les quelques lignes, juste pour s'assurer que ce n'était pas une plaisanterie. Cela lui paraissait difficile à croire, et pourtant elle savait que cela ressemblait tout à fait à sa mère. Elle regarda fixement le mot pendant plusieurs secondes, avant de le reposer et de revenir vers la cuisine.

En silence, elle sortit deux assiettes d'un placard et servit les pâtes.

— Finalement, nous serons juste tous les deux ce soir, finit-elle par dire à Patrick en apportant les assiettes sur la table.

— Votre mère se sent toujours mal ?

— Non, elle va bien. (Elle s'efforça de sourire mais n'y parvint pas.) Elle est partie.

— Partie ?

Phoebe hocha la tête.

— Elle m'a laissé un mot pour me dire qu'elle allait essayer de recoller les morceaux avec David.

Elle trouva une bouteille de vin, remplit deux verres puis s'assit à table avec Patrick, qui ne disait rien et l'observait avec attention. Elle s'empara de sa fourchette et essaya de manger, mais elle ne parvint même pas à avaler une bouchée.

— Phoebe…

Il avait prononcé son nom avec une telle douceur et une telle gentillesse qu'elle sentit avec irritation les larmes jaillir de ses yeux.

— Cela me met dans tous mes états de voir qu'elle continue à faire les mêmes erreurs. Il a suffi qu'il claque des doigts pour qu'elle revienne en courant.

— Peut-être pense-t-elle que c'est avec lui qu'elle a le plus de chances d'être heureuse, suggéra Patrick.

— D'être heureuse ?

Phoebe se leva et s'éloigna de la table. Les fleurs que Patrick avait fait livrer à sa mère n'avaient pas bougé et étaient toujours aussi belles malgré ce qui s'était passé. Elle prit soudain conscience que les fleurs avaient toujours représenté cela pour elle : un baume pour son âme, qui la réconfortait quand elle avait des soucis ou qu'elle n'allait pas bien. Quand ses parents s'étaient séparés alors qu'elle était encore une petite fille, elle passait des heures dans le jardin. À planter des fleurs. À les cultiver.

À guérir ses blessures.

— J'aimerais que ce soit vrai. Elle va le retrouver, et, dans six mois ou un an, la situation va une nouvelle fois se détériorer et elle recommencera à souffrir.

— Et vous souffrirez de revoir votre mère dans cet état, n'est-ce pas ? ajouta Patrick en s'approchant d'elle.

Il posa ses mains sur les épaules de Phoebe et fit doucement tourner son visage vers le sien.

Elle réalisa alors à quel point il était près d'elle.

— Je trouve qu'Angela fait preuve de beaucoup de courage.

— Ce n'est pas vous qui devez la ramasser à la petite cuillère à chaque fois, après chaque rupture.

— Vous avez raison. Je suis conscient que ce n'est pas facile pour vous, Phoebe. Mais ce doit être pire pour vote mère. Et pourtant, elle est toujours prête à recommencer. Ce n'est pas évident de prendre ainsi un risque pour quelqu'un d'autre.

Phoebe avait envie de protester, mais elle ne savait

pas comment. Elle était trop occupée à regarder Patrick, à savourer la sensation qu'elle ressentait au contact de ses mains puissantes sur ses épaules, et à dévorer des yeux chacun de ses traits.

Elle n'aurait su dire qui d'elle ou lui se pencha vers l'autre, mais ce fut Patrick qui prit l'initiative de leur baiser, exactement comme elle l'avait imaginé. Une impression de force émanait de chacun des mouvements de sa bouche sur la sienne, et Phoebe sentit son souffle se couper. Ce n'était pas à cause de l'intensité du moment, mais de l'intimité de leur baiser. Elle se sentait si bien dans ses bras musclés et chauds.

Elle se serra davantage contre son corps et l'embrassa avec toute l'ardeur qu'elle essayait de réprimer depuis qu'elle l'avait rencontré. Elle fit glisser ses mains sur sa chemise. Elle avait beau être un peu perdue, elle était sûre d'une chose : elle avait envie de lui.

— Viens dans la chambre, murmura Phoebe, mais Patrick recula et se tint à distance.

— J'en ai très envie aussi, Phoebe, mais cela ne me suffit pas.

Phoebe hésita. Pourquoi gâchait-il ainsi le moment ?

Elle pencha la tête et l'embrassa sur l'intérieur du poignet.

— Pourquoi ne pas simplement profiter de l'instant présent ? Si j'ai envie de toi et que toi aussi…

— C'est justement le problème, Phoebe, dit Patrick en mêlant ses doigts aux siens. J'ai envie de toi. De toi toute entière. Et si tu n'acceptes pas de me donner davantage qu'une nuit, je ne peux pas. (Il s'avança et l'embrassa une dernière fois avec tendresse.) Je ne peux pas, c'est tout.

Il lâcha doucement ses mains et se dirigea vers la porte. L'esprit encore occupé par le baiser de Patrick et par la sensation de sa main dans la sienne, Phoebe mit quelques temps à reprendre ses esprits. Mais la porte s'était déjà refermée sur lui.

CHAPITRE 14

Lorsque Phoebe se leva le lendemain matin, son appartement lui parut étrangement vide. Sa mère n'était pas restée longtemps, et pourtant tout lui semblait brusquement trop calme sans elle. Avant de partir, Phoebe arrosa ses plantes. C'était son jour de congé et elle avait eu l'intention de le passer avec sa mère.

Se sentant un peu désorientée, Phoebe sortit de son appartement et croisa Jack, le voisin qu'elle avait rencontré dans l'escalier quelques jours auparavant. Il était accompagné d'une jeune femme, qui devait être sa fiancée.

— Oh, bonjour, dit-il en souriant. Nicky, je te présente Phoebe Davis, notre voisine du dessus.

C'était une femme jolie et de petite stature, avec des cheveux blonds courts et des yeux bleus.

— J'étais impatiente de vous rencontrer, déclara Nicky en lui tendant la main. Pensez-vous pouvoir venir à notre soirée ? Elle aura lieu le dernier vendredi du mois.

— J'en serais ravie, s'entendit répondre Phoebe, se rendant compte avec surprise qu'elle était sincère.

Cela faisait des années qu'elle se tenait à distance de

ses voisins. Et elle se demanda soudain pourquoi elle avait tout fait pour que son appartement lui paraisse si provisoire.

En voyant l'heureux couple s'éloigner main dans la main, Phoebe repensa à Patrick et à la tendresse avec laquelle il avait tenu sa main en lui disant qu'une nuit de passion ne lui suffisait pas. Il était si beau et il embrassait si bien. En fermant les yeux, elle arrivait à se souvenir de chaque moment de ce baiser, comme si elle était en train de le revivre. Phoebe se mordit la lèvre à cette idée, et se dirigea vers sa voiture.

Si seulement il avait accepté d'aller plus loin, tout aurait été si simple. Sans histoires.

Pour la centième fois, elle retourna dans tous les sens le problème de sa relation avec Patrick. Ils se connaissaient depuis quelques jours seulement – intenses il était vrai – mais pouvait-il vraiment demander si vite un engagement de sa part ? Alors qu'il avait prévu de retourner à Chicago dès que la maison de Rose et Donovan serait terminée ?

Phoebe décida impulsivement de prendre la direction du Golden Gate Park pour jeter un coup d'œil au jardin. Elle se gara près d'une balançoire entourée d'enfants accompagnés de leur maman, et se rappela avec nostalgie la liberté qu'elle ressentait à se balancer là-haut, avec sa mère derrière elle pour la pousser vers le ciel.

Le soleil commençait à lui chauffer le visage. Elle marcha jusqu'à la partie du jardin sur laquelle ils avaient si durement travaillé. Ce n'était pas encore parfait. Les fleurs n'étaient pas encore toutes écloses, et il restait des espaces vides aux endroits où ils avaient dû semer de nouvelles plantes. Malgré tout, l'ensemble avait bien meilleur aspect que quand ils avaient commencé.

C'était l'œuvre de sa mère, de Patrick et d'elle-même. Phoebe tourna les yeux vers l'endroit où se trouvait la vieille souche d'arbre deux jours auparavant encore. Ils avaient rempli le trou avec de la terre fraîche et planté de nombreuses graines. En s'approchant du sol, Phoebe pouvait déjà apercevoir quelques jeunes pousses qui essayaient de percer. Elle vérifia délicatement l'état de la terre autour, puis retourna vers sa voiture chercher une bouteille d'eau pour arroser les racines.

Si seulement il était aussi simple et facile de faire grandir les relations entre les gens.

Les pensées de Phoebe dérivèrent une fois de plus vers Patrick. Jusqu'à la veille au soir encore, elle avait veillé à garder une certaine distance entre eux, mais elle se rendait compte qu'il lui manquait. Et elle se surprit à souhaiter qu'il soit avec elle pour profiter du jardin.

Patrick n'était absolument pas réaliste en matière d'amour, mais cela importait-il vraiment puisque Phoebe, elle, avait les pieds sur terre ? Elle savait que toutes les relations finissaient tôt ou tard par se terminer, alors cela pouvait-il vraiment lui faire du mal de sortir avec Patrick en étant consciente que cela ne durerait pas ?

La réponse à cette question lui vint en repensant non pas au baiser de Patrick, mais à leur danse pendant le mariage Kyle.

Il l'avait tenue tout près de lui et elle s'était sentie en sécurité dans ses bras.

Elle s'agenouilla pour remettre de la terre autour d'une nouvelle racine. Elle avait presque l'impression d'entendre la voix de Patrick résonner à ses oreilles : *Qui ne tente rien n'a rien.*

Phoebe s'essuya les mains, sortit son téléphone de sa poche et composa le numéro de Patrick.

— Salut, Patrick. Crois-tu que je pourrais t'enlever à ton travail pour quelques heures ?

* * *

— Tu sais que c'est bien la première fois que je me laisse bander les yeux aussi vite par un homme ? demanda Phoebe.

Elle rougit légèrement en prenant conscience de ce qu'elle avait laissé entendre.

Mais heureusement, Patrick se contenta de rire.

— Alors j'ai vraiment de la chance. Tape légèrement vers la gauche, mais pas trop fort.

Elle ajusta imperceptiblement sa position, fit un mouvement de balancier avec le club et frappa devant elle, à l'endroit où elle espérait trouver la balle de golf. Elle sentit qu'elle avait réussi, et quelques secondes plus tard, elle entendit un bruit sourd.

— Elle est dedans ! s'écria Patrick.

Phoebe sentit ses mains effleurer son visage lorsqu'il retira le bandeau devant ses yeux, et fut parcourue d'un petit frisson. Elle se dirigea vers le trou qui se trouvait derrière le moulin miniature, et constata de ses propres yeux que la balle y était entrée.

— J'ai réussi ! Grâce à tes excellents conseils, ajouta-t-elle sans pouvoir réprimer un sourire. (Elle jeta un bref coup d'œil à Patrick et le surprit en train de la dévisager.) Quel genre d'homme propose un mini-golf à l'aveugle pour un rendez-vous galant ? Je devrais tout de même me poser des questions.

— Et de quelles questions s'agirait-il ?

Phoebe pencha la tête sur le côté.

— Oh, je me pose toutes sortes de questions à ton sujet.

C'était vrai, même si elle avait déjà les réponses à certaines d'entre elles, comme la manière dont il embrassait. Elle déposa alors spontanément un baiser sur ses lèvres.

— J'avais l'intention de t'emmener dans un endroit sympa aujourd'hui, mais c'est la deuxième fois que tu réussis à me surprendre. Il va falloir que je me creuse les méninges pour trouver mieux.

Patrick sourit.

— Tu crois que tu y arriveras ?

Phoebe lui rendit son sourire. Les idées se bousculaient déjà dans sa tête.

* * *

Deux jours plus tard, Patrick fut un peu surpris que Phoebe l'emmène au Golden Gate Park alors qu'ils y étaient allés ensemble récemment. Mais, comme il s'en rendit compte rapidement, il lui restait des choses à découvrir. Une bonne douzaine au moins.

— Je parie que tu ne vois pas souvent des bisons à Chicago, dit Phoebe en remarquant sa stupéfaction.

— Pas dans un parc en pleine ville, c'est vrai, reconnut Patrick. Je suis impressionné. Je vais devoir réfléchir à quelque chose de vraiment bien pour te surpasser.

Phoebe sourit.

— Bonne chance !

L'enclos était immense, et pourtant il semblait presque trop étroit pour les créatures à l'intérieur. Certaines sommeillaient tandis que d'autres se déplaçaient rapidement d'un endroit à l'autre, leur pelage épais s'agitant sous la brise. Patrick et Phoebe restèrent quelque temps sur le trottoir à observer les énormes bêtes. Phoebe ne s'écarta pas en sentant la main de Patrick effleurer la sienne, et il ne résista pas au plaisir de mêler ses doigts aux siens.

* * *

— Un simulateur de chute libre ? demanda-t-elle avec étonnement quelques jours plus tard.

— Pourquoi pas ? répondit Patrick comme si c'était la chose la plus naturelle du monde.

Si cela n'avait pas été une proposition de Patrick, elle aurait rapidement trouvé des tas de raisons pour faire demi-tour, à commencer par la combinaison large et informe qu'ils allaient devoir porter, par le fait qu'ils allaient s'envoler dans une immense soufflerie, et qu'ils risquaient de se cogner partout.

Mais, quelques minutes plus tard, alors qu'elle se sentait soulevée par les puissants courants d'air, elle fut heureuse de ne pas avoir réussi à dire non à Patrick. Jamais elle n'aurait cru pouvoir s'amuser autant.

Il y avait quelque chose d'absolument grisant à sentir le vent souffler autour d'elle tout en tenant en équilibre dans les airs. Et il était étrangement reposant de devoir se laisser aller et de suivre le flux d'air.

Patrick se révéla aussi plutôt doué, parvenant à flotter en face d'elle en restant presque immobile. Phoebe se demanda comment il pouvait rester aussi séduisant dans une combinaison de parachutisme.

Il s'approcha d'elle plusieurs fois pour l'empêcher de s'écarter du courant d'air. Il ne la touchait qu'un instant, mais comme à chaque fois qu'il y avait un contact physique entre eux, il se produisait quelque chose de puissant et d'électrique.

* * *

Le lendemain soir, au coucher du soleil, Patrick n'en revint pas de se retrouver avec Phoebe dans une cathédrale. Cela lui semblait un peu incongru pour un rendez-vous à deux. Mais une fois qu'ils furent à l'intérieur de la Grace Cathedral et qu'il vit le labyrinthe tracé sur le sol, il comprit.

Une impression de paix et de joie émanait de l'église. Et un amour infini pour le monde entier.

— J'ai lu quelque chose là-dessus sur Internet, lui dit-il. Mais c'est encore plus spectaculaire que je le pensais.

Phoebe fut heureuse de voir qu'il appréciait la visite.

— Cela m'intéressait de venir ici.

— C'est la première fois ?

Elle hocha la tête.

— Tu sais, on a beau habiter sur place et se dire qu'on ira un jour, on ne trouve jamais le temps.

— Ah, je ne suis donc qu'un prétexte, dit Patrick, alors qu'ils commençaient à suivre le trajet du labyrinthe.

— Peut-être, mais un prétexte très séduisant, répliqua Phoebe avec un sourire avant de se reconcentrer sur le sentier de pierre.

Patrick marchait juste derrière elle et lui prit la main.

* * *

Phoebe s'était demandé comment Patrick pourrait trouver mieux que leur dernière sortie. Quelques jours plus tard, ils s'installèrent près du Wave Organ, une sculpture acoustique située sur une jetée de la baie de San Francisco pour déguster des tortillas. Sous l'impact des ondes marines, la série de tuyaux autour d'eux émettait ronronnements, gémissements, murmures et sifflements. Phoebe dut reconnaître qu'il avait été bon. C'était encore un endroit qu'elle n'avait jamais visité, et une nouvelle expérience qu'elle appréciait d'autant plus qu'elle la vivait en compagnie de Patrick.

Si tous les jours pouvaient être comme ceux qu'ils

avaient passés ensemble ces derniers temps, elle arriverait presque à comprendre comment les gens tombaient amoureux. Ce n'était pas plus mal que Patrick ne reste à San Francisco que pour une durée limitée, sinon cela risquait de devenir dangereux pour elle. Il suffisait qu'elle le regarde, avec le coucher du soleil en arrière-plan, pour qu'elle sente le rythme de son cœur s'accélérer.

Une idée lui vint subitement, et elle prit Patrick par le bras.

— Viens, lui dit-elle.

— Où ça ?

— Tu t'es occupé du dîner, alors c'est normal que je m'occupe du film. Comment va ta voix ?

— Ma voix ?

Phoebe sourit en voyant son expression déconcertée.

— Tu vas voir.

* * *

Patrick fit de son mieux pour se joindre aux deux cent personnes en train de chanter les chansons de *La Mélodie du Bonheur* au Castro Theater. C'était de loin l'expérience la plus étrange qu'il avait partagée avec Phoebe, mais contre toute attente, il prit un immense plaisir à chanter en chœur avec un groupe de parfaits inconnus.

La salle était pleine à craquer, si bien que Phoebe se tenait tout près de lui, appuyée contre son torse. Il sentait ses cheveux soyeux sur son bras.

Patrick aimait cette proximité physique, mais il

voulait plus que cela. Tellement plus.

Phoebe était quelqu'un d'incroyable. Combien de femmes auraient ainsi accepté des rendez-vous aussi insolites ?

Pas beaucoup, et aucune n'aurait montré le même enthousiasme que la femme magnifique assise à côté de lui.

À la fin du film, lorsqu'ils sortirent dans la rue avec le flot des spectateurs, il fut pris de court lorsque Phoebe lui déclara :

— Je ne me suis jamais autant amusée qu'avec toi.

— Moi non plus, répondit-il.

Et c'était vrai. Chaque moment passé avec Phoebe était parfait.

— Viens chez moi, lui dit Phoebe dans un souffle.

— Tu es sûre ? demanda Patrick avec précaution, même s'il en mourait d'envie.

Phoebe savait à quoi s'en tenir avec lui. Elle était consciente qu'il ne recherchait pas seulement une brève aventure. Elle ne l'inviterait sûrement pas chez elle si elle ne désirait pas la même chose.

Pour toute réponse, elle l'embrassa avec douceur. Patrick fut parcouru par un frisson de plaisir.

* * *

Sur le trajet en voiture vers l'appartement de Phoebe, leur impatience était palpable. Elle avait du mal à rester assise tranquillement sur le siège du passager alors qu'elle n'avait qu'une envie, c'était de le toucher. De déboutonner sa chemise.

Et à en juger par les regards brûlants que Patrick n'arrêtait pas de lui lancer, il ressentait la même chose. Phoebe ne voulait pas trop réfléchir à la décision qu'elle prenait et au fait qu'il ne s'agirait pas seulement d'une aventure d'un soir de plus.

Main dans la main, ils montèrent l'escalier en s'arrêtant plusieurs fois pour s'embrasser passionnément, contre la balustrade et contre le mur.

— La tradition voudrait que je prétende juste t'inviter à prendre un verre, dit Phoebe en déverrouillant la porte d'entrée.

Patrick attira Phoebe dans l'appartement et referma la porte.

— Je pense que nous avons déjà prouvé, dit-il en l'embrassant encore, que nous n'étions pas un couple conventionnel.

* * *

Plus tard dans la soirée, allongée près de Patrick, Phoebe était sur le point de s'endormir avec un sourire bienheureux sur les lèvres. Patrick était blotti contre elle, et elle sentait ses muscles puissants contre son dos.

C'était une première pour elle. Jamais encore elle n'avait ramené un homme chez elle, fait l'amour avec lui avant de s'endormir à ses côtés, en le laissant passer la nuit chez elle.

Et pourtant, cela paraissait si simple avec Patrick. Si évident.

Phoebe se sentait heureuse. Elle n'éprouvait pas seulement une sensation de bien-être après le moment incroyable qu'elle venait de passer, mais aussi un profond sentiment de bonheur.

Elle se demanda un instant si c'était ce que ressentait les gens quand ils étaient amoureux.

Du bout des doigts, Patrick écarta les cheveux de Phoebe sur sa joue et approcha ses lèvres pour déposer un baiser sous son oreille. Il la serra dans ses bras puis s'installa derrière elle pour dormir. Comblée pour la première fois de sa vie, elle allait sombrer dans le sommeil quand les mots qu'il prononça la touchèrent jusqu'au plus profond de son être.

— *Je t'aime.*

CHAPITRE 15

Le lendemain matin, Phoebe fut réveillée par du bruit dans la cuisine.

Patrick.

Enfilant un jean et un tee-shirt, elle se dirigea vers la cuisine juste au moment où il apportait sur la table une énorme assiette de pancakes, qu'il avait empilés en forme de gratte-ciel. Il n'y avait qu'un architecte pour faire cela.

Il n'y avait que Patrick.

Il se retourna en l'entendant entrer et lui sourit :

— Tu es debout. Parfait. J'ai préparé le petit déjeuner.

— Je vois cela. (Phoebe s'attabla joyeusement et mit une partie de la petite montagne de pancakes dans son assiette.) Tu as dû faire des plans pour réaliser une œuvre aussi haute ?

— C'est ma spécialité architecturale, affirma Patrick en s'installant à côté d'elle et en se servant à son tour. Aucun bâtiment n'est éternel, mais mon raffinement en matière de conception de pancakes restera pour toujours dans les mémoires.

Phoebe ne put s'empêcher de rire de bon cœur. Elle

n'avait pas oublié ce qu'il lui avait dit juste avant de s'endormir, mais il était difficile de ne pas simplement profiter de la délicieuse matinée qui s'annonçait.

Elle savait que la plupart des gens qui disaient « je t'aime » finissaient par partir, mais Patrick n'était vraiment pas comme tout le monde.

Et ce qui l'étonnait le plus, c'était qu'en le regardant assis dans sa cuisine, les cheveux ébouriffés et la barbe naissante, tandis qu'il lui souriait avec un air d'adoration dans les yeux, elle avait presque envie de laisser échapper à son tour un « je t'aime ».

— Tu as bien dormi ? demanda-t-il.

— Très bien, répondit Phoebe sans pouvoir réprimer un sourire. Mieux que très bien. Et ce petit déjeuner est parfait.

Et elle était sincère. Quand elle repensait à la nuit qu'ils avaient passée ensemble, elle ne ressentait que du bonheur. Et elle se surprit à souhaiter que ce petit déjeuner avec lui dure pour toujours. À souhaiter que tous les matins ressemblent à celui-ci.

Patrick la comprenait. Il comprenait la véritable Phoebe Davis, et non la personne qu'elle se croyait souvent obligée d'être pour faire plaisir aux autres. Et avec tout ce qui s'était passé avec sa mère, il la connaissait déjà mieux que personne. Même ses amis ne se rendaient pas vraiment compte de la situation avec Angela.

Phoebe passait une excellente matinée après une nuit mémorable, en compagnie d'un homme fabuleux qui avait déjà prouvé qu'il n'était pas le genre d'homme qui la laisserait tomber.

Pour une fois, elle eut vraiment l'impression de pouvoir se détendre et de profiter de l'instant présent.

Enfin.

Elle fut tirée de ses pensées par le portable de Patrick qui vibrait. Il fronça brièvement les sourcils en lisant un message puis rangea son téléphone dans sa poche.

— Je n'arrive pas à croire que cela fait déjà deux semaines, dit-il alors que son téléphone vibrait de nouveau.

Phoebe se figea en l'entendant mentionner le temps qui s'était écoulé depuis leur rencontre. C'était exactement la durée qu'il était censé passer à San Francisco avant de repartir pour Chicago. Au départ, elle avait vu cette « date de fin » de leur relation comme une bénédiction, mais elle prenait conscience à présent qu'elle avait passé la dernière semaine avec Patrick à essayer de l'oublier.

En entendant vibrer le portable de Patrick pour la troisième fois, Phoebe sut qu'elle devait lui poser la question.

— Il y a quelque chose qui ne va pas ?

— Rien de grave, lui assura Patrick. Il y a juste quelques complications avec le travail que j'ai accepté après la maison de Rose et Donovan. Je réglerai ça tout à l'heure.

Phoebe sentit son estomac se nouer et reposa sa fourchette.

— Quel travail ?

— C'est pour un couple à Chicago qui vient de se marier, répondit Patrick sur un ton léger, comme si ce n'était pas important. Ils sont très gentils, mais je crois que c'est le genre de personnes qui a du mal à prendre des décisions. Ils veulent me voir pour discuter de plusieurs points. Pour être honnête, j'ai l'impression que c'est l'un de ces chantiers qui pourrait traîner un bon moment. Mon assistante m'a envoyé par texto les informations pour que je prenne un vol dans la journée. Je ne resterai sans doute pas longtemps, juste quelques…

Phoebe ne pouvait plus écouter. Elle repoussa son assiette, se leva et s'écarta de la table.

— Phoebe, qu'est-ce qu'il y a ?

Elle sentit ses yeux piquer à cause des larmes qui montaient. Mais elle n'allait pas pleurer. Pas pour un homme. Pas alors qu'elle savait depuis le début que les choses se termineraient mal.

Alors pourquoi avait-elle l'impression de se diriger droit vers un précipice ?

Patrick se leva à son tour et s'avança vers elle.

— Phoebe, dis-moi juste ce qui…

— Tu pars à Chicago, dit-elle sur un ton neutre. Tu vas y rester « un bon moment ». Tu pars.

Elle s'efforça de ne pas montrer ses émotions. Elle ne voulait pas qu'il voie à quel point cela lui faisait mal.

— Nous vivons au XXIe siècle, Phoebe, dit-il d'une voix douce mais ferme. Il existe ces appareils fantastiques que l'on appelle des avions. Je peux voyager entre San Francisco et Chicago aussi souvent que je veux.

— Mais tu n'auras pas envie de revenir, dit Phoebe. Au début, peut-être, tant que tout est encore frais et nouveau. Mais tu vas finir par être absorbé par ton prochain projet. Tu vas oublier notre petite aventure.

Elle vit à quel point Patrick était blessé par cette dernière phrase. Tout autant qu'elle l'avait été lorsqu'il lui avait dit « je t'aime » puis avait parlé de son départ juste après.

— Ce n'est pas une petite aventure, Phoebe. Loin de là. Pas pour moi, et je pensais que ce n'était pas non plus le cas pour toi. Surtout après ce qui s'est passé hier…

— Comment as-tu pu me dire ces mots ? demanda-t-elle dans un souffle. Comment as-tu pu ?

Et comment avait-elle pu être assez stupide pour le croire, même pendant cinq minutes ?

Il s'approcha d'elle mais elle recula avant qu'il puisse la toucher.

— Je t'ai dit que je t'aimais parce que c'est vrai, Phoebe, dit-il malgré tout.

Il attendit qu'elle réponde, mais Phoebe restait silencieuse. Elle sentait une grosse boule dans sa gorge et dut faire appel à toute sa volonté pour ne pas éclater en sanglots. Ou pire, lui demander de la serrer fort contre lui, comme il l'avait fait pendant la nuit.

Quand il la prit dans ses bras, elle n'eut pas la force de le repousser.

— Mon cœur t'appartient depuis le premier moment où nous avons dansé ensemble, ma chérie. (Il lui caressa la joue avec son pouce et elle prit conscience que son visage était mouillé.) Je ne t'ai pas dit ce que je ressentais pour te contraindre à dire la même chose. Je ne te ferais jamais cela, tu le sais. Mais je ne peux pas continuer à garder pour moi mes sentiments.

Phoebe ne s'était jamais sentie aussi perdue, aussi tiraillée entre ce qu'elle voulait et ce qu'elle croyait depuis si longtemps sur la vie et sur l'amour.

— Tu ne crois pas que les murailles que tu as érigées pour te protéger ne font que tenir à distance les gens qui veulent t'aimer ? lui murmura-t-il à l'oreille.

— Cela fait seulement deux semaines que nous nous connaissons, protesta-t-elle en se faisant violence pour s'arracher à son étreinte. Nous ne savons presque rien l'un de l'autre.

— Tu sais que je t'aime. C'est tout ce que tu as besoin de savoir, Phoebe. Pour le reste, il ne s'agit que… de détails. (Patrick secoua la tête et Phoebe sentit son cœur se serrer en voyant l'expression de tristesse sur le visage de l'homme dont elle était tombée amoureuse malgré elle.) J'ai essayé de te faire changer d'avis, mais je n'y arrive pas. Tu es trop forte. Toi seule peux prendre la décision de changer d'avis.

Phoebe le regarda se diriger vers la porte, tout son être la poussant à le retenir. Il ne lui restait plus que quelques pas à faire avant de franchir le seuil, lorsqu'il se retourna et la regarda dans les yeux.

— T'es-tu déjà demandé pourquoi tu avais choisi de devenir fleuriste pour des mariages, Phoebe ?

— Parce que c'est un bon travail, répondit-elle, prise

au dépourvu par son étrange question.

— Mais cela aurait pu être tellement plus que cela, tu ne crois pas ?

Ce furent les dernières paroles qu'il prononça avant de refermer la porte derrière lui. Et de sortir de sa vie.

CHAPITRE 16

Angela habitait une grande maison remplie de meubles coûteux, avec une superbe vue sur Sacramento. En rentrant chez elle, visiblement beaucoup plus heureuse que pendant son séjour à San Francisco, elle laissa échapper un petit cri à la vue d'une visiteuse inattendue.

— Phoebe ?

— David m'a laissée entrer, dit Phoebe à sa mère.

Sa voix se brisa. Pendant le trajet jusqu'à Sacramento, elle s'était pourtant répétée à de multiples reprises qu'elle ne pleurerait pas pour un homme.

Mais Patrick n'était pas n'importe quel homme.

Phoebe était désormais en proie aux sentiments dont elle avait tout fait pour se protéger. Elle avait vu cette souffrance si souvent chez sa mère et ses amies, et voilà qu'elle la sentait bouillonner en elle, luttant pour ne pas se laisser submerger.

Mais cette fois, rien n'y faisait. Elle était impuissante face à la douleur provoquée par sa rupture avec Patrick, qui l'envahissait avec la violence d'un raz-de-marée.

Pendant toutes ces années, elle s'était convaincue qu'elle n'avait besoin de personne.

Quel énorme mensonge !

Phoebe avait fini par réaliser qu'elle ne voulait pas être seule. Et elle s'était subitement souvenue de tout l'amour que lui avait donné sa mère quand elle était enfant. Tout était si simple alors. Si elle allait la voir, tout s'arrangerait, non ?

— Oh, ma chérie, que s'est-il passé ?

Sa mère s'assit à côté d'elle et passa un bras autour de ses épaules.

Habituellement, c'était toujours Phoebe qui réconfortait sa mère, et non l'inverse. Mais elle se laissa faire lorsque sa mère la prit dans ses bras en voyant les larmes couler sur les joues de sa fille.

— Tu as conduit jusqu'ici dans cet état ? demanda sa mère.

Phoebe hocha la tête, ne se sentant pas capable de parler. Le trajet s'était déroulé comme dans un songe, mais sans savoir comment, elle était arrivée à bon port.

Et l'important était qu'elle n'était pas seule.

— Cally, dit sa mère, sache que, quoi qu'il arrive, je suis là pour toi. Tu peux rester avec David et moi aussi longtemps que nécessaire. Tu n'as pas encore dîné, je suppose ?

Phoebe secoua la tête.

Angela mit une couverture sur les genoux de sa fille et essuya ses larmes du revers de la main. Comme quand Phoebe était petite.

— Je vais nous préparer quelque chose.

Ces dernières années, c'était toujours Phoebe qui se

mettait derrière les fourneaux pour préparer un repas pour sa mère et essayer de la réconforter. Mais les rôles étaient inversés ce jour-là. Elle était assise sur le canapé de sa mère, s'efforçant vainement de ravaler la boule douloureuse dans sa gorge.

— Tiens, dit sa mère un peu plus tard en posant une assiette de pâtes devant elle. Mange. Cela va te faire du bien.

— Je ne crois pas que je vais y arriver, maman. Je me sens…

Comment se sentait-elle ? Comment pouvait-elle trouver les mots pour décrire la souffrance qui lui broyait le cœur ?

— Je sais, dit sa mère.

Inconsciemment, c'était sans doute l'une des raisons pour lesquelles Phoebe s'était précipitée à Sacramento. Sa mère était la seule personne sur Terre qui pourrait comprendre la détresse profonde qu'elle ressentait après s'être séparée de Patrick, même si Phoebe ne la comprenait pas encore entièrement elle-même.

— Mange, insista sa mère. Tu me disais toujours que je me sentirais mieux ensuite. Et tu avais raison. Tu verras.

Le repas préparé par sa mère ne fit rien pour atténuer sa souffrance, mais sa simplicité sembla la calmer un peu et l'aida à penser à autre chose qu'à la triste façon dont son histoire avec Patrick s'était terminée. Dont *elle* l'avait terminée. Elle se rappela ce qu'il avait dit avant de partir : si elle voulait que leur relation marche, il ne tenait qu'à elle de changer d'avis sur l'amour.

— Peux-tu me dire ce qui s'est passé maintenant ? demanda sa mère. C'est à propos de Patrick ?

— Nous sommes sortis ensemble… mais nous avons rompu.

Sa mère lui prit la main.

— Tout ira bien, Cally. Je suis là pour toi maintenant. Raconte-moi tout, et ensemble nous trouverons une solution.

— Nous nous sommes vus très souvent ces deux dernières semaines. Et hier, nous avons passé une journée vraiment fantastique. C'était incroyable. (Sa voix se fit tremblante) Il m'a préparé un petit déjeuner, maman. Personne n'avait jamais fait cela pour moi. Il a même dit…

Comme il était difficile de prononcer ces mots à voix haute ! Même après les avoir répétés des centaines de fois dans sa tête.

— Il a dit qu'il m'aimait.

— Oh, Cally, ma chérie. S'il t'aime et que tu l'ai…

Phoebe interrompit sa mère :

— Mais, ensuite il s'est mis à parler de son retour à Chicago pour un projet de longue haleine. Et nous nous sommes disputés. (Phoebe se mordit la lèvre en se souvenant des choses qu'elle lui avait dites, et de la façon dont elle lui avait lancé le mot « aventure » à la figure.) Cela s'est mal terminé, maman, et maintenant… je me sens tellement mal.

— Tout va s'arranger, je te promets.

Phoebe secoua la tête. Comment sa mère pouvait-elle dire cela alors qu'elle avait le sentiment que plus rien n'irait jamais bien ?

— Tu verras, insista sa mère. Tu vas le récupérer, et tout ira mieux. Regarde David et moi. Quand je suis venue chez toi, jamais je n'aurais pensé que la situation s'améliorerait, mais maintenant… Eh bien, notre relation n'est pas encore parfaite, mais nous y travaillons.

— Tu penses que je vais me remettre avec Patrick alors que je suis dans cet état à cause de lui ?

— Je sais que cela fait mal maintenant, mais rappelle-toi à quel point tu étais heureuse avec lui. Tu pourrais de nouveau connaître ce bonheur.

— Et je pourrais aussi être de nouveau dans cet état, fit remarquer Phoebe en s'écartant de sa mère sur le canapé. Si je retourne avec Patrick, je risque d'avoir le cœur brisé une nouvelle fois, et ce sera pire.

Sa mère s'approcha d'elle, mais Phoebe recula.

— Tu n'en sais rien, ma chérie. Il a l'air si gentil. Je ne pense pas qu'il te laissera tomber comme ça.

— Tu ne pensais pas non plus que papa te laisserait tomber, et regarde ce qui s'est passé.

Phoebe vit une expression douloureuse sur le visage de sa mère et se rendit compte qu'elle était allée trop loin. Une fois de plus. Comme avec Patrick.

— Nous n'avons ni l'une ni l'autre toutes les réponses, fit observer Angela d'une voix douce.

Après quelques secondes de silence, sa mère secoua la tête et finit par ajouter :

— Tu sais, ma chérie, j'ai parfois l'impression que je ne te comprendrai jamais.

— C'est amusant, répondit Phoebe même si elle ne trouvait rien de comique à cela, j'étais justement en train de me dire la même chose.

Comment pouvaient-elles être aussi différentes toutes les deux ? Comment sa mère pouvait-elle continuer à croire qu'elle trouverait le bonheur avec un homme, après tous les échecs qu'elle avait connus ? Phoebe n'obtiendrait sans doute jamais la réponse à ces questions, mais elle était cependant sûre d'une chose : quoi qu'on puisse en penser, l'amour faisait souffrir.

— Je suis désolée, maman, finit-elle par dire. Je n'aurais pas dû parler de papa.

— Je n'ai sans doute pas été le meilleur exemple en termes de relations, reconnut doucement sa mère.

Peut-être pas, mais Phoebe comprit enfin qu'en amour, il n'y avait pas de règles.

Il arrivait sans crier gare, qu'on le veuille ou non.

— Tu as fait de ton mieux, dit Phoebe.

— Et pourtant nous avons toutes les deux été blessées…

Phoebe commençait seulement à réaliser qu'on ne pouvait parfois rien faire pour empêcher les gens de souffrir. Même quand on tenait à eux.

Surtout quand on tenait à eux.

— Je suis désolée, répéta-t-elle.

— Je sais. Moi aussi. (Sa mère mit un bras autour de ses épaules.) Tu vois, ce n'est pas si terrible de se réconcilier avec quelqu'un.

Phoebe secoua la tête. C'était différent avec sa mère. Elle faisait partie de sa famille. Elle avait le sentiment que cela ne serait pas aussi facile avec Patrick.

Il n'était pas lié à elle par le sang, alors qu'est-ce qui l'empêchait de la quitter comme son père avait quitté sa mère ? Comme de nombreux hommes que sa mère avait fréquentés ?

Et pourtant, ne faisait-elle pas preuve d'un certain courage ? Comme Patrick lui avait dit une fois : *Le jeu en vaut parfois la chandelle. Même si les chances sont minces, c'est toujours tellement mieux que de ne jamais prendre de risque du tout.*

Dès le début, Patrick avait été entièrement honnête avec elle. Il ne lui avait pas caché qu'il considérait l'amour comme un don précieux. Phoebe avait trouvé cela stupide sur le moment, mais à présent elle se rendait compte que les autres options n'étaient pas tellement préférables.

Phoebe leva les yeux et contempla les lumières de la ville au loin par la fenêtre. La nuit tombait, mais pendant un bref instant, elle eut l'impression de voir les choses plus clairement que depuis bien longtemps. Elle serra impulsivement sa mère dans ses bras.

— Merci, maman.

— Pourquoi ?

— Pour tout. Merci d'être là à chaque fois que j'ai besoin de toi. De m'avoir appris à aimer la beauté et à la chérir.

— Je t'en prie, ma puce, répondit sa mère. (Phoebe crut entendre la voix de sa mère se briser légèrement.) Tu restes dormir ici cette nuit ?

— Merci, mais je dois rentrer.

— Tu es sûre ?

Phoebe hocha la tête.

— J'ai quelque chose à faire.

CHAPITRE 17

Lorsque Phoebe arriva au Rose Chalet tôt le lendemain matin, les préparatifs pour le mariage de Marge Banning battaient leur plein. RJ installait des meubles et Tyce testait une dernière fois la sono, avec de la musique punk-rock – Phoebe ne se souvenait pourtant pas d'en avoir entendu beaucoup lors du précédent mariage de Marge Banning ! Quant à Rose, elle s'activait dans tous les sens, allant chercher les nappes pour les tables, faisant un saut dans les cuisines pour vérifier que tout allait bien, et paraissant absolument convaincue qu'une catastrophe allait se produire d'une minute à l'autre. En d'autres termes, elle se comportait exactement comme d'habitude le matin d'un mariage.

— Où étais-tu hier ? demanda Rose en voyant Phoebe entrer. Je pensais que tu viendrais l'après-midi pour tout préparer. Tu as reçu mes textos ?

Phoebe était trop fatiguée pour essayer de se justifier.

— Sacramento.

— Sacramento ? Qu'est-ce que tu faisais à Sacramento ? Tout va bien ? On dirait que tu n'as pas fermé l'œil de la nuit.

— C'est le cas.

Ce n'était sans doute pas une très bonne idée d'admettre cela devant sa chef. Même si c'était Rose. Elle n'arrivait plus à séparer son travail et sa vie privée. Et, en réalité, elle n'était plus sûre d'en avoir envie.

Phoebe s'attendait à ce que Rose lui fasse la leçon, mais elle se contenta de poser la main sur son bras.

— J'espère que tout va bien.

Phoebe sentit avec énervement les larmes lui monter aux yeux. Elle déglutit avec difficulté.

— J'espère que tout ira bien. (Elle s'efforça de sourire, la lèvre tremblante.) Je vais me mettre au travail car j'ai du pain sur la planche avec les bouquets. Marge mérite le plus beau mariage qui soit, tu ne crois pas ?

La surprise fit sourire Rose.

— Oui, répondit-elle, absolument.

Phoebe se dirigea vers l'atelier où les fleurs l'attendaient, grâce à RJ et à ses fournisseurs. Elle posa son ordinateur portable sur le plan de travail, résolue à se concentrer sur ses centres de table même si elle n'avait pas le cœur à travailler. Sur le trajet du retour vers San Francisco, un plan avait germé dans son esprit, mais elle en était encore à la case départ. En rentrant chez elle, elle avait passé des heures à téléphoner et à envoyer des demandes de devis par mail pour trouver ce qu'elle cherchait. Mais jusqu'à présent, ses efforts avaient été vains. Même son amie Lisa n'avait pas été en mesure de l'aider.

— Je suis désolée, Phoebe, avait dit Lisa. Mais ne

veux-tu pas la remplacer par une autre fleur ?

— Non, avait fermement répondu Phoebe, c'est celle-là qu'il me faut. Elle est porteuse d'un message particulier.

Tournant le dos aux fleurs, Phoebe alluma son ordinateur et chercha sur Internet les noms de fleuristes qu'elle n'avait pas encore contactés. Mais même si elle arrivait à trouver la fleur, pourrait-elle encore la faire livrer à temps ?

Elle finit par tomber sur quelqu'un qui paraissait connaître l'espèce dont elle avait besoin, un homme appelé Brian.

— Je suis certain d'en avoir entendu parler il n'y a pas longtemps, lui dit-il. Mais je n'arrive pas à me souvenir par qui.

— C'est très important, et vous êtes la première personne à me donner un peu d'espoir depuis que j'ai commencé mes recherches, lui expliqua-t-elle. Je vous en prie, si vous pouviez essayer de retrouver de qui il s'agissait, je vous en serais vraiment très reconnaissante.

— J'ai votre numéro. Je vais réfléchir, et si cela me revient, je vous promets que je vous appellerai.

— Merci. Merci mille fois.

Phoebe reposa son téléphone et leva les yeux en voyant Rose entrer dans la pièce avec RJ.

— Phoebe, je voulais juste vérifier que tu avais tout ce qu'il te fallait. Oh, mon Dieu, tu as à peine commencé ! Qu'est-ce que tu fabriques ?

Rose était visiblement dans tous ses états en voyant

tout le travail qu'il restait à Phoebe pour terminer les centres de table.

— Que se passe-t-il ? (Sur son visage, la colère laissa place à l'inquiétude.) Je ne t'ai jamais vue comme ça. Tu es toujours été si fiable, si sérieuse. Si quelque chose ne va pas, tu peux m'en parler.

Mais Phoebe pouvait difficilement expliquer à Rose ce qui s'était passé avec Patrick, car RJ se trouvait juste derrière elle. Et puis, elle savait très bien ce que les gens pensaient d'elle.

Phoebe, celle qui n'avait pas de relations durables.

Phoebe, celle qui ne se laissait jamais blesser par qui que ce soit ou quoi que ce soit.

Et pourquoi tout le monde croyait-il cela ? Parce qu'elle avait tout fait pour que cela soit vrai. Mais cela ne l'était plus.

— Et si je t'aidais à faire tes bouquets ? suggéra RJ. Tyce peut s'occuper de Tara. Cela ne lui fera pas de mal de faire autre chose que de gratter sa guitare le jour d'un mariage. (Il se tourna vers Rose.) Phoebe a gentiment accepté d'aller voir ton terrain à ma place. La moindre des choses que je peux faire est de lui donner un coup de main.

Bien que manifestement réticente à l'idée de laisser Phoebe dans un tel état, Rose finit par acquiescer.

— N'hésite pas à venir me voir si tu as besoin de quelque chose, d'accord ? Quoi que ce soit.

Phoebe ravala ses larmes.

— D'accord. Merci, Rose.

Sa chef sortit précipitamment, la laissant seule avec
RJ. Il prit quelques fleurs et les examina.

— Tu as un modèle que je peux suivre ?

Phoebe hocha la tête et lui en tendit un
silencieusement, n'osant pas ouvrir la bouche. Elle brûlait
d'envie de lui demander comment allait Patrick depuis
son retour à Chicago.

— C'est à cause de ce qui s'est passé avec Patrick que
ça ne va pas ? demanda RJ.

Phoebe resta un instant bouche-bée.

— Tu es au courant ?

— Bien sûr que je suis au courant. C'est mon frère.
Même s'il ne me dit pas tout, je connais ses sentiments
pour toi.

Elle hésita quelques instants avant de lui demander :

— Et malgré tout, tu m'aides ? Tu devrais me
détester.

— Bien sûr que non, Phoebe. (Il jeta un coup d'œil
vers la porte par laquelle Rose était sortie.) On n'a pas
toujours ce qu'on veut dans la vie, et personne ne peut
forcer deux personnes à être heureuses ensemble.

Phoebe ne sut que répondre. C'était avec Patrick
qu'elle devrait parler de cela, et non avec son frère. Mais,
heureusement, RJ parut comprendre car il changea de
sujet.

— Nous ferions mieux de nous mettre au travail,
non ? Vu l'heure qu'il est, il faudrait un miracle pour que
nous terminions à temps pour le mariage.

Un miracle. Elle en avait vraiment besoin en ce

moment. Pour que les compositions florales soient prêtes en temps et en heure, mais aussi pour que la situation s'arrange avec Patrick. Et, à moins d'un miracle, il semblait de moins en moins probable qu'elle trouve la fleur qu'elle cherchait.

RJ et Phoebe composèrent les bouquets aussi rapidement que leurs doigts le leur permettaient, sans voir les heures défiler. Phoebe sursauta soudain en entendant la sonnerie de son portable, et laissa tomber une poignée de roses sur le sol.

Elle reconnut le numéro parce que c'était le dernier qu'elle avait appelé avant l'arrivée de Rose et RJ dans l'atelier. Elle décrocha, le souffle court.

— Brian ?

— Bonjour, Phoebe. Je viens juste de me souvenir où j'avais vu les fleurs que vous cherchez. Et je suis un peu gêné de ne pas avoir su vous le dire tout à l'heure. C'est ma sœur qui en cultive. Mais je ne suis pas sûr que cette information vous sera d'une grande aide, car elle ne les vend pas. C'est sans doute pour cette raison que cela m'a échappé.

En temps normal, Phoebe aurait probablement laissé tomber et continué à chercher ailleurs... Mais c'était le moment ou jamais de prendre des risques.

— Pouvez-vous me donner son numéro ? Et si j'arrive à la convaincre de dire oui, pourriez-vous vous charger de les faire livrer tout de suite ?

— Je pense, mais je vous préviens qu'il y a peu de chances pour que Jane vous cède une de ses précieuses fleurs.

— J'aimerais quand même essayer, répondit Phoebe avant de lui dire au revoir.

Elle s'empressa de composer le numéro que Brian venait de lui donner, puis se présenta à la femme qui avait décroché, lui expliquant exactement ce qu'elle voulait.

— Je suis désolée, dit Jane à l'autre bout du fil, mais mon frère a raison. Je ne suis pas fleuriste, et si je vous en vends une, des centaines d'autres personnes en voudront aussi et mon jardin se videra rapidement.

— Je vous en prie, insista Phoebe.

Elle proposa alors à la sœur de Brian la quasi-totalité de son dernier salaire. De l'autre côté de l'établi, RJ écarquilla les yeux.

— Je suis désolée, mais je ne peux pas accepter votre argent, dit Jane. Et surtout pas une somme aussi élevée. Mes fleurs ne sont vraiment pas à vendre. Vous me semblez être une jeune femme très sympathique, mais je ne suis pas là pour exécuter les commandes de vos clients.

— Ce n'est pas pour un client, dit Phoebe sur un ton suppliant. C'est pour moi. Je vous en prie, vous êtes ma dernière chance, et c'est le seul moyen qui me reste pour me réconcilier avec l'homme que j'… (Elle prit une profonde inspiration, sentant le regard de RJ posé sur elle.) Que j'aime.

La femme soupira.

— Pour toute autre raison, j'aurais refusé. Mais puisqu'il s'agit d'amour… (Elle s'interrompit quelques instants.) Disons cinquante dollars, pour dédommager mon frère pour la livraison.

— Je peux avoir la fleur ? (Phoebe sentit enfin l'espoir renaître en elle.) Oh, merci. Merci infiniment.

— Je vous en prie. Bonne chance avec votre homme. J'espère qu'il en vaut la peine.

Phoebe n'avait jamais été aussi sûre de quelque chose dans sa vie.

— Oh oui ! Il en vaut la peine, c'est certain.

CHAPITRE 18

Patrick travaillait au dix-septième étage d'un immeuble qu'il avait aidé à concevoir. C'était un bâtiment qui bénéficiait d'une vue unique sur les gratte-ciel de Chicago, et d'une adresse propre à attirer les gros clients. Dans son bureau, spacieux et dégagé, des maquettes d'immeubles étaient stratégiquement réparties sur des socles. Au centre de la pièce, il avait une table de travail suffisamment grande pour pouvoir y étaler ses plans et mettre un téléphone, un ordinateur portable et les dossiers de ses projets en cours.

Il arpentait lentement son bureau, contournant les modèles qu'il avait construits, à la recherche d'inspiration. Dieu sait qu'il en avait besoin, car il n'avait toujours pas trouvé comment modifier les plans de la maison de ses nouveaux clients. Il suffisait de déplacer deux ou trois pièces, mais il ne parvenait pas à équilibrer correctement l'espace.

Il se demanda un instant ce que Phoebe faisait au même moment. Sans doute travaillait-elle sur les compositions florales pour le mariage de Marge Banning.

Patrick pouvait facilement l'imaginer en train de trier

les fleurs d'une main habile, fronçant légèrement les sourcils avec un air concentré pour réaliser les bouquets les plus beaux et significatifs possibles. Tyce et RJ n'étaient sûrement pas loin, et ensemble ils devaient plaisanter pour oublier la pression qui pesait sur eux, comme lors de chaque mariage au Rose Chalet.

Pour la centième fois peut-être, Patrick sortit son téléphone de sa poche et chercha le nom de Phoebe dans son répertoire. Mais il s'arrêta juste à temps.

Elle avait été si catégorique sur la fin de leur relation.

Et sur le fait qu'elle ne voulait plus rien avoir à faire avec lui.

Patrick reposa son téléphone, même si son instinct le poussait à l'appeler… À ne pas baisser les bras tant qu'elle n'aurait pas pris conscience qu'ils étaient faits l'un pour l'autre.

Mais pour qu'une relation marche, il faut être deux à le vouloir. Quel que soit le désir qu'il avait d'être avec elle, cela ne serait possible que si Phoebe le voulait également. Cette idée était si frustrante que Patrick ne réalisa pas qu'il était en train d'écraser la pile de papier qu'il tenait à la main.

Il se fit violence pour se reconcentrer sur son travail et essayer de trouver une solution pour répondre à la demande de ses clients. Il l'avait fait de nombreuses fois par le passé. Il suffisait qu'il pense au genre de couple qu'ils étaient.

Et qu'en était-il du couple que tu aurais fait avec Phoebe ?

Patrick s'efforça de chasser cette question de sa tête. Mais chaque fois qu'il regardait les plans, Phoebe apparaissait dans son esprit.

En train de jouer au mini-golf, les yeux bandés.

De le guider dans le labyrinthe de la Grace Cathedral.

De l'embrasser pour la toute première fois.

Il repensa à la douceur de son corps blotti contre lui quand il lui avait dit qu'il l'aimait.

Puis à la façon dont elle l'avait presque mis dehors le lendemain matin, quand il avait mentionné son projet à Chicago.

Conscient qu'il ne réussirait jamais à terminer son travail s'il continuait à réfléchir à son histoire avec Phoebe, il s'approcha de la fenêtre et contempla la vue sur Chicago. Avec un peu de chance, elle lui apporterait l'inspiration dont il avait besoin. C'était généralement le cas, même si c'était simplement en lui rappelant ce qu'il avait accompli par le passé. Il avait fait partie de l'équipe d'architectes de plusieurs des bâtiments récents visibles de son bureau.

Résolu à trouver une solution, il laissa son regard dériver sur les gratte-ciel de la ville. Il se posa un instant sur un restaurant situé juste en face de son bureau : un établissement français chic dans lequel il avait lui-même eu du mal à réserver une table. Patrick fit la grimace en se souvenant de la soirée qu'il y avait passée. La femme qu'il avait invitée à dîner était plutôt gentille, mais le repas avait été si guindé et formel qu'ils n'avaient pas appris une seule chose l'un sur l'autre. Leur histoire n'avait pas duré longtemps.

Patrick tourna les yeux vers le stade de base-ball Wrigley Field au loin, qu'il apercevait facilement de si haut. Il y avait vécu une expérience encore plus désastreuse. Il y avait rencontré une femme lors de la remise d'un prix d'architecture. Il leur était rapidement apparu comme une évidence qu'ils devaient se revoir : ils avaient à peu près le même âge, ils travaillaient dans le même domaine et il y avait une certaine attirance physique entre eux. Patrick lui avait fait la surprise d'acheter deux tickets pour un match de l'équipe des Cubs. Il s'était avéré qu'elle ne s'intéressait pas au base-ball, ni même à aucun autre sport, d'ailleurs. Elle n'aimait pas les *nachos*, ni les autres snacks que l'on se devait de grignoter quand on assistait à un match, selon l'avis de Patrick. Et elle n'avait pas cessé de critiquer l'architecture du stade, estimant qu'on devrait détruire les endroits comme celui-ci pour les reconstruire « correctement ». Ils ne s'étaient jamais revus après cette soirée-là.

Un par un, d'autres souvenirs de rendez-vous ratés revinrent le hanter. Une fois, il avait proposé à une femme d'aller faire de l'escalade en salle, et elle était tout simplement partie. Un autre jour, il avait pris conscience qu'ils n'étaient pas fait l'un pour l'autre dès l'instant où ils s'étaient assis dans le restaurant. Parfois les choses commençaient bien, mais elles finissaient toujours par s'essouffler. Il avait fréquenté des femmes charmantes, mais il manquait toujours le petit quelque chose en plus qui lui donnerait envie d'aller plus loin.

Avec Phoebe, c'était différent. Patrick était sorti avec elle pendant deux semaines seulement, mais il s'était senti plus proche d'elle que de quiconque auparavant. Comme lui, elle aimait les expériences insolites. Elle était intelligente, forte et attentionnée, comme il avait pu le constater en la voyant gérer de front la situation avec sa mère et les exigences de son travail au Rose Chalet.

Si seulement elle n'avait pas érigé ces murailles autour d'elle pour éloigner les gens, ils pourraient…

Il fut soudain tiré de ses pensées lorsqu'on frappa à la porte. En ouvrant, il tomba sur un homme d'une cinquantaine d'année, qui avait dans les mains une longue boîte étroite.

— Monsieur Knight ?

— Oui, c'est moi.

— Oh, très bien, dit l'homme avec une expression de profond soulagement. Pouvez-vous signer ici pour confirmer la réception du paquet ?

Il tira un petit calepin de la poche de sa veste et Patrick s'exécuta, tout en observant la boîte avec un air intrigué. Elle était blanche, toute simple.

— Savez-vous ce que c'est ?

— Je suis désolé, mais la jeune femme m'a demandé de ne rien dire. Je peux cependant vous affirmer qu'elle a remué ciel et terre pour se la procurer. Ma sœur garde généralement pour elle ses… Je me tais, je ne veux pas gâcher la surprise. Il doit y avoir une sorte de code de confidentialité entre fleuristes.

Fleuristes ? En entendant cela, Patrick se précipita sur la boîte.

— Profitez bien !, dit l'homme en tournant les talons et en s'éloignant, laissant Patrick avec la boîte.

Patrick la posa avec précaution sur son bureau, sans se soucier qu'elle salisse les plans qui se trouvaient en dessous. Il l'ouvrit lentement, et y découvrit une unique fleur.

Elle était d'un bleu électrique. Sa tige était fine, et elle possédait quatre pétales qui s'étendaient en demi-cercle autour du centre, et un cinquième qui était dressé. Le cœur de la fleur s'enroulait dans un mélange de jaune, violet foncé et rouge-brun. Il émanait d'elle une impression de beauté fragile. Levant le pot en direction de la fenêtre, Patrick constata qu'elle était presque transparente.

Il n'y avait pas de mot dans la boîte, et il comprit que Phoebe utilisait le langage des fleurs pour lui faire passer un message très important. Priant pour qu'il s'agisse de ce à quoi il pensait, il voulut d'abord vérifier que ce n'était pas ce qu'il redoutait.

Il avait déjà cherché la signification de l'anémone pulsatille et espérait que ce n'était pas la fleur qu'elle lui avait envoyée. Il s'approcha de son ordinateur et tapa le nom de la fleur sur Internet. En voyant la première image qui apparut sur son écran, il ressentit une douleur presque physique : ses pétales étaient violets.

Mais après avoir pris une profonde inspiration, il

l'examina de plus près et se rendit compte qu'elle était loin d'être aussi belle que la fleur qui se trouvait sur son bureau. À côté, l'anémone pulsatille semblait presque ordinaire.

Patrick tapa avec appréhension l'autre nom de fleur à laquelle il pensait, puis appuya sur « Entrée » en retenant son souffle pendant la fraction de seconde que dura la recherche.

Il approcha alors la fleur que Phoebe lui avait envoyée de son écran, passant de l'une à l'autre, voulant en avoir le cœur net.

Quand, enfin, il fut absolument certain d'avoir trouvé la bonne fleur, il se leva et marcha vers la fenêtre en tenant la fleur de Phoebe.

Une orchidée Caladenia.

Cally.

Elle était magnifique, telle que Phoebe l'avait décrite… et elle était en pleine floraison.

C'était vraiment un miracle.

CHAPITRE 19

Rien.

Comment était-ce possible ?

Phoebe fixa son téléphone avec nervosité, priant pour qu'il se mette à sonner. Mais il restait désespérément silencieux et froid dans sa main, comme les dix-neuf fois précédentes où elle l'avait sorti de sa poche.

— Nous sommes prêts pour le bouquet, lui lança Rose.

Phoebe rangea son portable. Si Patrick voulait l'appeler, il l'aurait déjà fait. Elle savait qu'il avait reçu la fleur, parce que Brian lui avait téléphoné en quittant l'immeuble de Patrick pour lui confirmer qu'il l'avait livrée en mains propres.

Levant les yeux, Phoebe se rendit compte que Marge Banning était à quelques mètres d'elle, dans sa robe de mariée. Elle était splendide... Comme une femme amoureuse qui voyait tous ses rêves exaucés.

Phoebe s'empara avec précaution du bouquet qu'elle avait réalisé pour Marge. Il était composé de roses, exactement comme la dernière fois, et pourtant ce jour-là, les fleurs semblaient plus gaies et plus fraîches. Elles se mariaient parfaitement avec la robe, et Phoebe aurait presque pu jurer qu'Anne avait secrètement effectué quelques changements. Elle seyait vraiment à merveille à Marge.

— Vous êtes superbe, dit Phoebe en lui tendant le bouquet.

Marge était une jolie femme, mais ce jour-là, le bonheur la rendait plus belle encore. Phoebe ne pensait pas qu'une mariée pouvait être « radieuse » et pourtant c'était exactement le mot qui convenait pour la décrire.

— Merci, répondit doucement Marge. L'amour fait des miracles.

— Bonne chance, dit Phoebe.

— Vous savez quoi ? dit Marge avec un sourire rayonnant. Je crois que cette fois, je n'aurai pas besoin de chance.

Derrière les portes de la grande salle du Rose Chalet, Tyce et le quatuor à cordes qu'il dirigeait entamèrent la *Marche nuptiale*.

Phoebe se concentra pour fixer le ruban du bouquet sur la robe.

— Voilà, dit-elle à Marge. C'est parfait.

Marge la regarda un instant avec attention.

— Vous n'êtes pas comme d'habitude aujourd'hui, Phoebe, fit-elle remarquer.

Phoebe maudit les larmes qui lui montèrent aux yeux, comme si souvent ces derniers temps. Elle secoua la tête.

— C'est vrai, reconnut-elle, mais aujourd'hui il n'est

pas question de moi, mais de vous. Vous êtes prête ?

Pour la première fois, Marge paraissait un peu nerveuse. Phoebe posa une main sur son épaule et réfléchit à ce qu'elle pourrait lui dire. Par chance, elle trouva rapidement.

— N'oubliez pas, la troisième fois est la bonne !

Elle ouvrit la porte pour Marge, et elles admirèrent ensemble l'allée qui conduisait à la reconstitution de Tara réalisée par RJ. Les invités étaient rassemblés tout autour, et Phoebe dut reconnaître que l'ensemble était impressionnant. La moitié des compositions florales au bout de chaque rangée et sur les tables avait été réalisée par RJ, mais elles n'en étaient pas moins magnifiques. La plupart des convives avaient également assisté aux deux premiers mariages de Marge, mais, malgré tout, ils paraissaient tous ravis.

Le marié qui attendait sur la petite estrade au bout de l'allée était un bel homme, distingué et bien bâti. Mais ce n'était pas le plus important.

Le plus important était la façon dont il regardait Marge et la façon dont elle le regardait.

Avec une expression d'amour véritable.

Marge remonta lentement l'allée. Ils avaient tous les deux l'air à la fois si nerveux et si heureux. Phoebe savait qu'elle devrait songer avec cynisme aux chances de réussite de leur mariage, compte tenu du passé de Marge, mais elle n'y parvenait pas. Pas cette fois.

Car désormais, elle savait ce que c'était d'être éperdument amoureuse.

— Vous êtes plus courageuse que moi, Marge, murmura-t-elle.

Et plus chanceuse apparemment. Phoebe n'avait toujours pas reçu d'appel ou de message sur son portable ; il était à présent en mode silencieux pour ne pas perturber la cérémonie.

En temps normal, c'était le moment où elle s'éclipsait. Elle ne revenait qu'à la fin pour ranger les fleurs. Cela lui permettait d'éviter la plus grande partie du mariage. Mais ce jour-là, elle prit conscience qu'elle avait envie de regarder, d'être témoin de l'engagement pris par deux personnes, *pour la vie.*

Brusquement, la question que Patrick lui avait posée avant de partir lui revint à l'esprit.

T'es-tu déjà demandé pourquoi tu avais choisi de devenir fleuriste pour des mariages, Phoebe ?

Oh ! mon Dieu, songea-t-elle.

Elle s'écarta de la porte en chancelant et s'appuya contre le mur. Patrick la connaissait si bien qu'il avait compris bien avant elle-même.

Pendant toutes ces années, elle s'était dit que si elle travaillait au Rose Chalet malgré sa vision cynique de l'amour, c'était uniquement parce qu'elle était mieux payée que chez la plupart des fleuristes, avec de meilleurs horaires et moins de contraintes que si elle avait eu son propre magasin.

Mais elle y voyait clair à présent. Enfin !

Elle avait accepté ce travail parce qu'elle espérait inconsciemment trouver un jour une raison de croire à l'amour.

Cela avait demandé du temps, mais elle avait fini par trouver cette raison en la personne de Patrick Knight. Si seulement elle s'en était rendu compte plus tôt.

Mais peut-être qu'il n'était pas encore trop tard.

Alors que Marge et son fiancé commençaient à prononcer leurs vœux, Phoebe se rappela qu'une mariée très sage lui avait dit un jour que lorsqu'on avait trouvé le bon, les détails n'avaient pas d'importance. Seul l'amour comptait.

Les larmes ruisselèrent sur les joues de Phoebe quand elle vit Marge et son nouveau mari s'embrasser. Elle ne pleurait jamais aux mariages. À vrai dire, elle ne pleurait habituellement jamais. Mais elle avait changé.

Sur la petite scène près de l'estrade, Tyce relança la musique, et Phoebe ferma doucement les portes pour essayer de sécher ses larmes. Quelques minutes plus tard, elle devrait apporter son aide pour la réception.

Elle sentit avec surprise une main sur son épaule.

— Veux-tu danser ?

Phoebe se retourna vivement. Patrick était près d'elle et la regardait avec une expression de douceur infinie, qui n'était pas difficile à interpréter. Elle venait de la voir sur deux autres visages quelques instants plus tôt.

Il tenait une primevère à la main.

Je ne peux pas vivre sans toi.

Amour éternel.

C'était les deux significations que l'on attribuait communément à la primevère dans le langage des fleurs.

La stupéfaction la cloua un instant sur place, mais elle finit par reprendre ses esprits.

S'avançant vers Patrick, elle l'embrassa avec tout l'amour dont son cœur était rempli.

— Cela veut dire oui ? demanda-t-il quand ils s'écartèrent enfin l'un de l'autre.

— Patrick, je…, commença Phoebe.

Il posa un doigt sur ses lèvres.

— Je sais. Tu n'as pas besoin de le dire. Tu n'as pas besoin de dire quoi que ce soit, ma chérie.

— Mais j'en ai envie, répliqua Phoebe en le serrant dans ses bras. Cela me fait peur, et c'est difficile, mais je veux le dire. (Elle plongea son regard dans le sien, ne voulant plus rien lui cacher.) Je t'aime. Je t'aime depuis le début, et je suis désolée de t'avoir repoussé. Je n'aurais pas dû.

Il essuya doucement ses larmes.

— Mais si tu ne l'avais pas fait, tu n'aurais pas été toi. Et c'est toi que j'aime, Phoebe. Toi toute entière. Je sais que tu as peur, mais ne te rends-tu pas compte à quel point tu es forte ? À quel point tu as toujours été courageuse ?

— J'ai envie d'être courageuse. Pour toi. Et aussi pour moi.

Patrick lui tendit l'orchidée Caladenia à moitié écrasée.

— Merci de m'offrir ma première fleur, dit-elle d'une voix remplie de sanglots.

Il l'embrassa de nouveau puis la fit tourner dans ses

bras. Ensemble, ils se laissèrent bercer par la musique qui provenait de la pièce à côté.

Phoebe repensa à ce qu'elle avait ressenti en dansant avec Patrick pour la première fois le jour où ils s'étaient rencontrés. Cela avait été un moment formidable. Mais ce n'était rien comparé à ce qu'elle ressentait à présent.

À l'époque, il n'était encore à ses yeux qu'un séduisant étranger avec qui elle pouvait s'imaginer avoir une brève aventure.

Il était tellement plus désormais : il était l'homme qu'elle aimait. Être amoureuse était étrange et effrayant, mais c'était aussi fantastique.

Absolument fantastique.

Phoebe se blottit contre lui et passa ses bras autour de son cou. Ils arrêtèrent de faire semblant de danser et s'étreignirent simplement.

— Allons-nous commencer à penser à faire des projets d'avenir ?

Patrick déposa un baiser sur son front avec tendresse.

— Plus tard. Et fais-moi confiance, Phoebe, il y aura un plus tard.

Il la tira sur le côté lorsque les portes de la grande salle s'ouvrirent, laissant place à un flot d'invités. Il la tint contre lui derrière la porte, là où personne ne pouvait les voir.

Phoebe prit une inspiration et sortit en tirant Patrick.

Cela lui était égal si les gens les voyaient.

Elle voulait que les gens les voient.

Marge Banning passa devant eux, au bras de son

nouveau mari. Apercevant Phoebe avec Patrick, elle
s'arrêta un instant et lui adressa un grand sourire
complice. Phoebe lui rendit son sourire et se serra encore
un peu plus contre Patrick.

— Il va falloir que j'y aille dans une minute pour
aider pour la réception, murmura-t-elle, ne semblant
pourtant pas décidée à bouger.

— Je sais, dit-il. (Mais il ne la lâchait pas.) Dis-moi,
Phoebe, crois-tu aux miracles maintenant ?

— Je crois en nous.

— C'est tout comme.

Phoebe hocha la tête. Il avait raison.

ÉPILOGUE

Tyce Smith était devant son ordinateur portable et effectuait quelques changements de dernière minute sur la playlist du mariage qui était en train de se dérouler au Rose Chalet. Il leva les yeux vers la piste de danse. Marge Banning, splendide, tourbillonnait dans la pièce avec son nouvel époux. Les autres danseurs semblaient également bien s'amuser. C'était une chose dont Tyce pouvait s'enorgueillir : il parvenait toujours à attirer les gens sur la piste.

Il avait eu une journée bien remplie, et ce n'était pas terminé. Dans la matinée, il avait fallu qu'il règle les derniers détails concernant Tara afin que RJ puisse aider Phoebe. Tyce sourit en la voyant danser avec Patrick Knight.

Il songea avec regret qu'il ne pourrait sans doute plus flirter avec elle. Il espérait que la nouvelle responsable du service traiteur engagée par Rose serait jolie… et célibataire.

En plus du travail de RJ, Tyce avait dû gérer le quatuor à cordes. Il avait recopié des partitions pour un nouveau violoniste remplaçant, puis vérifié la playlist. Et c'était sans parler des imprévus, comme l'enceinte qu'il avait dû rebrancher précipitamment sur ses amplificateurs. Il avait été si occupé qu'il avait à peine pu profiter de la fête. En temps normal, il en profitait toujours. Il avait tout de même une réputation à tenir.

Levant de nouveau les yeux, il vit que Marge ne dansait plus et lui faisait signe de venir. Qu'est-ce que la jolie mariée pouvait bien lui vouloir ?

Il se fraya un chemin à travers les danseurs avec aisance, comme il en avait l'habitude dans les boîtes de nuit.

— J'espère que vous vous amusez bien, Marge.

— Je n'ai jamais été aussi heureuse. Tout est parfait.

— C'est un triste jour pour tous les hommes célibataires comme moi, vous en êtes consciente ?

Tyce s'efforça de prendre une expression abattue, ce qui lui valut un petit rire de l'héritière de l'empire des vitamines.

— Vous avez de la chance, j'ai pensé à tout, dit-elle en lui prenant le bras. Venez, je vais vous présenter mes demoiselles d'honneur. Ce sont toutes mes nièces. (Marge fit une grimace théâtrale.) Je ne me suis toujours pas faite à l'idée d'être assez vieille pour avoir des nièces, adultes qui plus est. Soyez un amour et dites-moi que je ne fais pas mon âge.

— Votre nouveau mari va-t-il se mettre en colère si je vous dis que vous êtes la plus belle femme dans la pièce ?

— Non, puisqu'il sait comme moi que vous dites cela à toutes les femmes.

Les demoiselles d'honneur étaient rassemblées dans un coin de la pièce, formant une nuée de taffetas bleu, dans l'esprit du thème du mariage.

— Les filles, dit-elle, je voudrais vous présenter quelqu'un.

Tyce se sentit alors scruté par plusieurs paires d'yeux. Les nièces de Marge le trouvèrent visiblement à leur goût car elles s'avancèrent d'un pas, comme impatientes de lui dire bonjour. Une seule resta un peu en retrait. Comment lui en vouloir, alors qu'il était si évident que Marge voulait le caser avec l'une d'elles ?

Pendant les quelques minutes qui suivirent, Tyce enchaîna sourires et plaisanteries avec chacune des nièces que lui présenta Marge. Il y avait Annette, Georgia, et … ? Il n'avait pas retenu tous les prénoms.

— Alors dites-moi, Tyce, lui demanda Marge, qu'est-ce que vous pensez de mes nièces ?

— Elles sont toutes charmantes, répondit automatiquement Tyce.

À vrai dire, il aurait pu toutes les inviter à sortir un jour ou l'autre, mais s'il donnait son numéro à l'une d'elles, il avait peur de causer une émeute. Et avec autant d'invités sur son passage, il lui serait alors difficile de s'échapper discrètement.

— Vous n'avez pas encore vu ma dernière nièce, Tyce, dit Marge. Ne te cache pas, ma chérie.

Marge s'approcha de la jeune femme et la prit par le bras.

— Mais, malheureusement, elle est déjà prise. Elle se

marie ici-même dans quatre mois.

Tyce se rappelait en effet que Rose leur avait dit une fois qu'à elle seule, Marge assurait la moitié du chiffre d'affaires du Chalet, entre ses mariages à répétitions et ceux de ses proches. Il afficha son plus beau sourire et s'apprêta à dire à la nièce de Marge qu'il espérait que son mariage serait aussi réussi que celui de sa tante.

Mais en voyant son visage, il s'arrêta brusquement, comme pétrifié, incapable de prononcer le moindre mot. Pendant un instant qui lui parut une éternité, il ne put détacher son regard des yeux vert foncé qui le regardaient. Des yeux dont il se souvenait parfaitement.

Des yeux qu'il pensait ne *jamais* revoir un jour.

~ FIN ~

Pour plus d'informations sur les prochaines parutions de Lucy Kevin, inscrivez-vous ici à la newsletter en français.

www.LucyKevin.net/NewsletterFr

A propos de l'auteur

Dès la parution de son premier roman *Seattle Girl*, Lucy Kevin s'est retrouvée sur les listes de best-sellers du *New York Times* et de *USA Today*. Ses deux romances contemporaines suivantes, *Sparks Fly* et *Falling Fast*, sont également apparues sur les listes de best-sellers de la plupart des librairies numériques. La série « Quatre mariages et un fiasco » s'est trouvée à la 11e place du classement du *New York Times* et Lucy en a vendu plus de 500 000 exemplaires à ce jour.

Selon le *Washington Post*, Lucy Kevin « fait partie des plus grands auteurs américains ». Lorsqu'elle n'est pas occupée à écrire, elle adore nager, randonner ou passer du temps avec son mari et ses deux enfants.

Pour la bibliographie complète de Lucy, ainsi que des extraits de ses livres ou des jeux-concours, ou tout simplement pour échanger avec elle :

Recevez la newsletter en français de Lucy :
eepurl.com/MWHJX
Suivez Lucy sur Twitter : twitter.com/lucykevin
Retrouvez Lucy sur
Facebook :facebook.com/lucykevinbooks
www.LucyKevin.com
lucykevinbooks@gmail.com